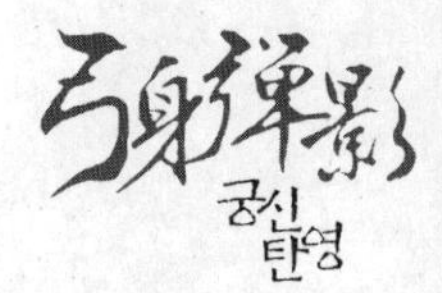

김석진 新무협 판타지 소설

FANTASTIC ORIENTAL HEROES

궁신탄영 5

김석진 新무협 판타지 소설

초판 1쇄 찍은 날 § 2013년 12월 11일
초판 1쇄 펴낸 날 § 2013년 12월 17일

지은이 § 김석진
펴낸이 § 서경석

편집부장 § 권태완
편집책임 § 어정원

펴낸곳 § 도서출판 청어람
등록번호 § 제1081-1-89호
등록일자 § 1999. 5. 31
어람번호 § 제2-2438호

주소 § 경기도 부천시 원미구 심곡2동 163-2 서경B/D 3F (우) 420-822
전화 § 032-656-4452 팩스 § 032-656-4453
http://www.chungeoram.com
E-mail § chungeoram@chungeoram.com

ISBN 978-89-251-3617-2 04810
ISBN 978-89-251-2608-1 (세트)

김석진 新무협 판타지 소설

5

FANTASTIC ORIENTAL HEROES

[완결]

궁신탄영

弓身彈影

도서출판 청어람

目次

第一章

무림상합대제전 — 숨겨진 의미

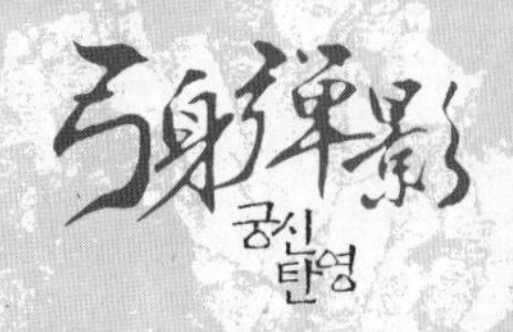

다섯 명의 젊은이가 심각한 얼굴로 눈앞의 종이 한 장을 응시했다.

"제일차……."

"…무림상합대제전?"

주파랑과 임학이 중얼거리자 무영이 고개를 끄덕였다.

"그렇습니다. 명목상으로 주최자는 육문육가라 되어 있지만 실질적인 주도자는 천가라고 합니다."

"천가……."

주파랑이 구레나룻을 쓰다듬는데 임학이 종이를 들어 올

렸다.

"어디보자… 무림의 항구적인 평화와 발전을 위해서 육문과 육가가 공동으로 주최하는 대제전이라? 명목은 더할 나위 없이 좋군. 아주 번드르르해."

임학의 빈정거림이 채 끝나기도 전에 초대장을 빼앗은 주파랑이 적힌 내용을 주절주절 읊었다.

"한 장당 다섯 사람까지 입장 가능한 초대장이고, 반드시 소지해야 하며 이것만 있으면 숙박과 식사는 공짜다. 최고의 음식과 술이 영웅들을 기다린다. 좋구먼. 아주 좋아. 그런데 하나가 빠졌네. 안 그런가, 임 수재?"

새끼손가락을 들며 주파랑이 음흉하게 웃자 임학이 킬킬거렸다.

"내 말이 바로 그거요. 주최자들은 풍류를 몰라도 너무 모르는 것 같소."

두 중년 남자의 음충맞은 대화에 설미가 고리눈을 떴다.

"이 색골들!"

"아니, 색골이라니?"

억울해서 미치겠다는 표정으로 임학이 양팔을 들었다.

"자고로 음은 양을 향하고 양은 음을 갈구하는 법이거늘? 이것을 일컬어 음양의 조화라고 부르는데 색골이 왜 나와?"

"그냥 기녀 옆구리에 끼고 술 푸고 싶다는 거잖아요!"

"뭔 소리야? 어디까지나 음양의 조화라니까? 따라 해봐. 음. 양. 의. 조. 화."

한 자씩 끊어서 음양의 조화라는 말을 강조하는 임학의 입가에 장난기가 잔뜩 어려 있어서 설미가 고개를 홱 돌렸다.

"아무튼 남자들이란!"

"문지방 넘을 힘만 있으면 여자 생각을 한다지요."

설미의 말을 받으며 방화정이 모습을 드러내자 모두가 일어서서 그녀에게 포권했다.

"오셨습니까, 곡주님!"

"그럼 왔지 갔겠어요?"

임학을 보며 방화정이 가벼운 핀잔을 날리자 설미가 쿡쿡 웃었다.

"아니, 설마 곡주님께서도 음양의 조화를 무시하시는 겁니까? 음양오행설에 따르면……."

"됐고요."

말도 안 되는 철학으로 자신의 음심을 합리화하려는 임학을 무시하고 방화정이 무영에게 물었다.

"이것을 분명 낭백께서 주셨나요?"

"그렇습니다."

무영의 대답에 방화정이 고개를 갸웃거렸다.

'정녕 낭백께서는 무영 공자와 야랑곡이 함께하는 방향을 택하셨다는 건가?

야무흔과 대화다운 대화를 나눌 처지가 아니라서 그의 속내를 짐작키 어려운 방화정이 고심했다.

무영의 거취는 자신도 결론 내리지 못해서 임유현에게 전적으로 의존한 상태.

의견을 제시할 입장은 아니지만 낭인의 절대적인 지지를 받는 야무흔의 의중만큼은 알고 싶다.

"어떤 대화를 나누었나요?"

자신의 출신을 낭백에게 소상히 밝혔다는 요지의 말을 무영이 건네자 방화정이 눈을 내리깔았다.

"반응은?"

"별 다른 언급을 하지 않으셨습니다."

"언급이 없으셨다? 그리고는요?"

낭백과 나눈 삼 초에 관해서 설명한 무영이 잠시 주저하다 입을 열었다.

"왜 그러셨는지 몰라도……."

품에서 책자를 꺼내며 무영이 어깨를 들어 올렸다.

"이것도 주시더군요."

"그건……."

"낭백 어르신의 특이한 공수 비법이 담긴 서책입니다."

"그걸 왜 공자에게……."

"모르겠습니다. 그저 약속이라는 말씀만 하셨지요."

무영의 말에 방화정이 눈을 빛냈다.

"낭백께서 공자를 받아들인 모양이로……."

"그건 아니라고 본다."

임유현이 수염을 쓸며 나타났다.

"백이는 아직 결론을 내리지 않았어. 적어도 내 관점에서는 그래."

"결론을 내리지도 않은 분이 자신의 진신절기를 타인에게 건넬까요? 그것도 아무런 조건 없이?"

경황 중이라 인사도 잊어버리고 방화정이 반문했지만 임유현의 재반박에 그녀의 눈이 동그래졌다.

"조건이 왜 없어? 떡하니 걸었구먼."

"그냥 주셨다는데요? 무영 공자가 분명히 그렇게 말을……."

"약속이라잖냐, 약속."

"무슨 약속을 말씀하시는……."

방화정이 어리둥절해 하자 의자를 빼서 자리에 앉은 임유현이 차를 따랐다.

"백이와 그를 가르친 사람은 사제지연을 맺지 않았다고 하더구나. 일종의 계약 관계랄까?"

"계약 관계요?"

따라 앉으며 방화정이 묻자 임유현이 모두에게 손짓으로 앉을 것을 권했다.

"그렇지. 무학은 가르쳐주되 일정 조건이 되는 사람을 만나면 그에게 비급을 전해야만 한다는 조건을 걸었다고 들었다."

"일정 조건? 그게 어떤 조건입니까?"

무영의 물음에 임유현이 고소했다.

"낸들 아냐. 그 부분만큼은 백이도 입을 꾹 다물더구나."

이들의 대화를 듣던 주파랑의 입에서 여지없이 헛소리가 튀어나왔다.

"그 조건이라는 거, 혹시 얼굴 아니야?"

"호오, 일리 있소. 아니, 일리 정도가 아니라 설득력이 매우… 죄송합니다."

임학이 장난기를 가득 담아 맞장구를 치다 임유현과 방화정의 냉엄한 눈길을 받고 곧바로 꼬리를 말았다.

"알겠습니다. 낭백께서 무영 공자에게 진신절기를 전하는 것은 사부 되시는 분의 의중을 따른 것으로 이해할게요. 그 점은 차치하고라도 저는 낭백께서 무영 공자를 받아들였다고 봐요."

"그건 아니라니까."

"무영 공자의 출신 내력을 듣고도 내치지 않으셨어요. 이

건 어찌 설명하시겠어요?"

"그러니까 보류지. 백이 성격을 몰라서 하는 소리냐? 만약 백이가 받아들이겠다고 마음을 먹었으면 직설적으로 말했겠지. 하지만 저 종이 쪼가리를 주었다. 이게 어떤 의미라고 생각하느냐?"

"글쎄요……."

방화정이 얼른 답을 내놓지 못하자 시선을 이동해서 임학을 좇은 임유현이 무언의 질문을 반복했다.

"과제를 빙자한 시험."

"그것 말고 더 생각할 게 있느냐?"

임학의 대답에 찬성하며 임유현이 주파랑에게서 종이를 낚아챘다.

"제일차 무림상합대제전. 거창한 이름만큼이나 명목도 좋다. 거기다 참가자 전원에게 숙소와 음식을 무한 제공한단다. 이 정도 재원이라면 어지간한 군소 방파가 일 년 간 쓸 돈이 투여되었다고 봐야 할 것이다. 그렇다면 이런 대회를 연 목적이 무엇일까? 표면적으로 드러난 이유 말고 감춰진 진실 말이다."

"일단 세 과시까지는 알겠는데 그 뒤로 숨겨진 목적까지는 유추하기 힘들지요."

임학의 대답에 임유현이 눈썹을 올렸다.

"어째서?"

"정보가 부족합니다. 아아, 통상적인 변명이 아니고요, 정말로 정보가 부족하다니까요?"

임유현의 얼굴이 비웃음이 떠오르자 임학이 마구 손을 내저었다.

"지난 칠 년간 천가는 신비주의 전략이라도 구사하는지 외부활동을 전혀 하지 않는 실정입니다. 자제라는 말로는 설명이 불가할 정도, 그러니까 원천적인 거부라고 해야 할까요?"

말을 멈춘 임학이 차 한 모금으로 입을 축였다.

"그렇게 나서기를 꺼리던 천가가 느닷없이 외부 활동을 감행합니다. 그것도 백 년 이내 최대 규모의 잔치를 열겠노라 선언한 것이지요. 이건 세 가지로 추측됩니다."

"세 가지라?"

임유현이 흥미를 보이자 임학이 검지와 중지를 연달아 들어 올렸다.

"첫 번째로는 천가주 천가휘의 심경에 모종의 변화가 생겼다는 것. 두 번째로는 천가에서 기다리던 때가 도래했다는 것."

"기다리던 때가 도래했다면?"

방화정의 물음에 잡혀갈지도 모르는데, 하며 의뭉을 떨고는 임유현이 말을 이었다.

"칠가, 아니, 이제는 육가지요, 와 육문의 불안한 동거. 곡주님께서는 이 체제가 언제까지 유지될 거라고 보셨습니까? 이백 년? 삼백 년? 백 년까지 이어진 것도 기적이랄 수 있습니다. 이게 무슨 말인지 아시겠습니까?"

조요신룡으로의 변신. 임학은 평소의 장난기를 완전히 걷어내고 명쾌하게 상황을 분석했다.

"한계입니다. 이 불안한 동거는 곧 깨질 것입니다."

"근거를 지닌 추론이렷다?"

임유현의 질문에 임학이 고개를 끄덕이며 대답을 했는데 둘은 너무나 닮아서 마치 조손간의 대화처럼 보였다.

"물론입니다. 우선 천가를 위시한 육가를 보시면 벽씨세가의 멸문을 기점으로 다른 오가의 힘은 눈에 띄게 약화되었습니다. 그렇다면 그 힘들이 어디로 갔을까요, 육문? 당연히 아니지요."

"천가로 오가의 힘이 흡수되었다?"

"흡수라기보다 거두어들였다는 표현이 맞을 겁니다. 어차피 천가를 제외한 나머지 가문은 들러리에 불과하니까요."

쿵!

편지를 보지도 않았는데 아버지, 벽승악과 거의 일치된 견해를 보이는 임학의 혜안에 무영이 속으로 감탄했다.

"또한 육문의 움직임도 심상치 않습니다. 속가제자를 탐탁지 않게 생각하던 소림과 무당이 문호를 대폭 개방했다고 합니다. 또한 여섯 문파는 문도들의 정예화에 열을 올린다는 말도 있지요."

"정예화? 단시간에 가능한 일이 아닐 텐데요?"

방화정의 물음에 임학이 어깨를 으쓱였다.

"글쎄요? 제가 그것까지 알면 세상을 비추는 정도가 아니라 무림 전체를 마음대로 주무르겠지요."

밉지 않은 임학의 비꼼에 방화정이 피식 웃었다.

천성인 걸 어쩌겠는가. 인정하는 편이 정신건강에 이롭다.

"곡주는 육문의 힘을 간과하는 측면이 있군."

"설마요? 저는 어디까지나 일반적인……."

"그럴까? 전륜방이라는 괴 단체를 막아내지 못하고 동지를 넷씩이나 잃어버려서, 천가의 등장으로 재편된 무림에서 위축된 모습을 보여서 본인도 모르게 육문을 경시하게 된 것은 아닐까?"

듣고 보니 일리가 있어서 방화정이 고개를 옆으로 틀었다.

무림에 적을 둔 이로서 어찌 구파일방을 경시할 수 있을까. 자타공인 무림의 태두라는 소림, 검으로 천하를 평정한다는 무당, 매화라는 표식만으로도 절로 고개가 숙여지는 화산…….

이런 어마어마한 단체들의 모임이 언제부터 자신의 마음

에서 멀어졌을까. 멀어지다 못해 무시하게 된 걸까.

"그러게요… 언젠가부터……."

"역사란 잔인하고 사람은 무심한 법. 무려 백 년을 변방에서 겉돌았으니 잊히는 건 인지상정이지. 그렇지만 구파일방이다. 지금은 육문으로 줄어들었다지만 그들은 본래 무림의 하늘이었던 구파일방이란 말이다."

잠시 말을 멈춘 임유현이 수염을 쓰다듬었다.

"너희는 구파일방의 힘을 가늠하지 못할 것이다. 단 한 번도 경험하지 못했으니 그들의 힘을 모르는 건 어쩌면 당연한 일이지. 그러나 말이다……."

임유현의 눈에서 광채가 피어올랐다.

"그들의 저력을 무시하지 마라, 절대로."

절대로, 라는 단어를 덧붙임으로서 자신의 말을 한껏 강조한 임유현이 주위를 둘러보았다.

'하긴, 구파일방의 힘을 느끼기에는 너무 어리구나…….'

백 년 전에 힘을 잃은 구파일방이다. 몰락까지는 아니더라도 중앙 무대에서 자취를 감춘 세월이 무려 백 년이라는 거다.

'나이가 가장 많다는 방 곡주가 고작 마흔넷이니 무슨 말을 하겠는고?'

사실 임유현 본인도 구파일방의 성세기를 경험하지 못했

다. 그가 세상에 모습을 드러내기 전에 구파는 이미 육문으로 줄어든 상태였고, 강호는 천가의 일거수일투족을 주시했다.

육문으로 줄어든 구파일방은 그렇게 사람들의 기억 속에서 차차 잊혔던 거다.

"얘기가 옆길로 한참을 새버린 것 아닌가요? 천가가 칠 년 만에 활동을 재개한 이유에 관해서 설명하던 참이었던 걸로 기억하는데……."

설미가 중심을 잡자 임학이 엄지와 검지를 부딪쳐 맑은 타격음을 냈다.

"맞아, 육문에 관한 설명을 하다 보니 엉뚱한 이야기를 늘어놔 버렸네. 그러니까 천가가 칠 년 만에 이런 대규모의 행사를 개최하는 이유는 첫째로 천가주의 심경에 변화가 생겼다, 둘째로 천가에서 기다리던 때가 왔다, 백 년간이나 참고 기다린 때. 마지막으로……."

임학이 빙그레 웃는데 무영이 불쑥 나섰다.

"선전포고."

무영이 덜렁 말을 가로챘지만 임학은 별다른 반응을 보이지 않고 그를 주시했다.

"지금까지와는 전혀 다른 형태의 선전포고. 일종의 으름장이라고 할까요?"

"세 과시?"

주파랑의 물음에 무영이 고개를 저었다.

"그보다는 노골적이지요, 선전포고라는 말이 어울리는."

"조금 수정해야겠는데."

임학이 손을 들었다.

"세 과시보다는 야만적이지만 선전포고라고 보기에는 다소 약한, 그래서 중인들이 전쟁을 선포했다고 받아들이기 어려운 형태로 진행될 것이오."

"그럼 축제가 아니잖아?"

주파랑이 혀를 빼물자 임유현이 신비로운 미소를 지었다.

"축제가 아니지. 하지만 학이와 무영의 추측을 육문이라고 하지 않았을까?"

임유현은 강변했다. 구파일방을 얕보지 말라고. 비록 여섯으로 수가 줄었지만, 주 무대를 천가에 내주기는 했지만 그들의 저력을 무시하지 말아야 한다고 역설했다.

오래 살아남는 데는 그만한 이유가 있다.

"내가 볼 땐 육문도 대제전에 숨은 의미 정도는 파악했을 것이다. 그런데도 천가의 제의를 수락한 것은 그들을 상대할 자신이 있다는 뜻이겠지."

"천가는 자신감만으로 맞설 상대가 아닙니다."

"구파도 의도한 대로 끌려다닐 상대는 아니다."

임학과 임유현이 팽팽하게 맞서는데 왕고고가 들어서며

투덜거렸다.

"구파랑 천가가 맞서기 전에 늙은이랑 젊은이가 먼저 맞설 판이네."

둘 사이에 끼어 앉으며 왕고고가 탁자를 손바닥으로 내려쳤다.

"선의께서도 구파가 예전만 못하다는 사실을 인정하시고 학이 너도 천가가 절대적인 권능을 가진 집단은 아니라는 점을 인정해야만 한다."

왕고고의 중재에 임유현이 콧방귀를 날리며 고개를 틀자 임학이 벌떡 일어서서 포권으로 용서를 구했다.

"수양이 부족해서 그만 원로전주께 무례를 범했습니다. 넓은 마음으로 용서해 주십시오."

"됐다. 의선께서 이런 실수 정도를 이해 못하시겠느냐?"

"할멈이 내 머릿속에라도 들어와 봤나? 아주 북 치고 장구 치고, 다 해먹는군!"

임유현이 투덜거렸지만 이를 무시하고 왕고고가 화제를 이어갔다.

"나 역시 육문이라면 천가의 의도 정도는 파악했으리라 믿는다. 한 가지 걱정이라면 그들이 천가에 대해 얼마나 파악하고 있느냐는 건데……."

"천가의 전력(全力)을 누가 알겠습니까?"

임학이 한숨을 내쉬자 임유현이 툭 내뱉었다.

"사정은 천가도 마찬가지야."

"예?"

"천가도 구파일방의 진정한 힘은 모른다는 거다. 결국 피장파장이지."

"하지만 구파일방은 전륜방도 감당하지 못하고……."

"전륜방이 구파일방을 완전히 무너뜨렸던가? 아니지. 비록 전륜방이 구파일방 가운데 네 개의 문파를 멸문시켰지만 소림과 무당이라는 이대 정점은 상대해 보지 못했다. 즉, 천가가 세상에 모습을 드러낸 이후 지금까지 소림과 무당이 전력을 드러낸 적은 한 번도 없었다는 소리지."

"그건 또 그렇군요."

임학이 수긍하자 임유현이 누그러진 어조로 말을 이었다.

"하여 천가나 육문은 서로를 완전히 파악했다고 보기 어렵다. 그래서 제일차 무림상합대제전이 섬서에서 개최되는 것이다. 참으로 절묘한 선택이지."

천가가 위치하는 감숙, 소림이 자리하는 하남, 무당이 터를 내리고 있는 섬서의 가운데 지역이 바로 섬서성이다. 섬서에는 육문 가운데 검으로 명성을 떨치는 화산파가 있지만 소림과 무당에 비할 바는 아니라는 것이 무림의 일치된 견해.

만약 화산이 천가의 속셈을 짐작한다면 자존심에 금이 갈

만한 일이 아닐 수 없다.

"그건 중요하지 않지. 무림은 냉혹하고, 힘은 정직하니까."

임유현이 손을 저으며 말을 이었다.

"어차피 이번 대제전은 세상을 좌우하는 육가와 육문을 위한 자리가 될 것이다. 다른 이들은 들러리로 전락할 확률이 높지."

듣고 있던 임학이 팔짱을 낀 손에 뒷머리를 받치고 허리를 젖혔다.

"무슨 상관이겠습니까? 어차피 대중은 우매하고 소수의 지배자들이 세상을 지배하는 것을. 일반인들은 무림이 어떻게 흘러가든 별반 관심이 없다고요."

임학의 독백은 일견 비정하지만 정확한 지적이다.

패배주의, 모난 돌이 정 맞는다, 오르지 못할 나무는 쳐다보지 않는 편이 낫다…….

격언이라는 이름으로 뒤바뀐 편견에 매몰당하여 스스로의 존엄 따위는 내팽개치고 자신들의 가치와 존재 이유를 타인에게 양도해 버린 소시민들.

오랜 세월 지배 계층이 원하고 유도해서 만들어낸 산물이 부지불식간에 우리의 마음을 농락하는 염세주의가 아닐까?

"그런 견지라면 너도 똑같다, 이 녀석아."

임유현의 핀잔에 임학이 발끈했다.

"저는 때를 기다리는 것뿐이라고요! 그런 바보들과 동급으로 취급하지 마십시오!"

"그때는 누가 만들어주는데? 너? 나? 대체 누구라는 거야?"

"아니, 그러니까……."

임학과 임유현이 아옹다옹하자 한심하다는 얼굴로 둘을 바라보던 왕고고가 한숨을 폭 내쉬었다.

"애나, 어른이나……."

왕고고의 말에 찔끔한 임유현과 임학이 잽싸게 화제를 전환했다.

"제일차 무림상합대제전을 개최하는 천가의 세 가지 속내. 즉, 천가주의 심경에 변화가 생겼다, 천가에서 기다리던 때가 왔다, 마지막으로 전 무림에 신사적인 선전포고를 선언하기 위함이다, 이건데……."

"그것을 알고도 육문에서 대제전을 수락했다는 것은 천가의 선전포고를 무력화시킬 만큼의 내실을 다졌거나, 그만한 힘을 비축했다는 것이겠지요. 두 세력 이외에 초대받은 여타의 무인들이 걱정입니다. 괜히 고래 싸움에 등 터지는 새우 신세가 되지는 않을는지."

임학의 말을 방화정이 받았다.

"낭백께서도 저간의 복잡한 사정 정도는 미루어 짐작하셨을 터인데 무영 공자에게 초대장을 준 이유가 무엇일까요? 자칫 위험에 처할 수도 있는데?"

"답은 무영이 혼자 내려야 하느니."

임유현이 딱 잘랐다.

"백이가 무영이에게 초대장을 주었다. 그리고 우리 모두에게는 그 사실을 이야기하지 않았어. 이게 무슨 말이겠느냐? 스스로 판단하고 스스로 결정을 지으라는 것이겠지?"

"대체 무엇을 판단하고 결정지으라는……."

방화정의 물음에 임유현이 묘한 웃음을 지었다.

"다 알면서 이런 질문을 던지다니… 곡주도 노회해졌구먼, 능구렁이가 다 되었어."

방화정의 얼굴이 빨개지자 그 모습이 무안했는데 무영이 나섰다.

"그분께서 던진 질문이 무엇인지 어느 정도는 예상합니다. 하지만 직접 부딪치지 않고서는 답을 얻지 못하는 성격이라고 사료됩니다."

"물론이지. 원래 백이는 어떤 영악한 녀석처럼 잔머리 굴리는 성격이 아니거든."

"예, 예, 어느 영악한 녀석은 잔머리 굴리기 좋아하는 어떤 분에게 이 모든 걸 배웠다지요."

말만 섞으면 종착지는 전쟁이다.

원래부터 이런 사이인지 몰라도 타인에게는 너그럽고 관

대하기만 하던 임유현이 임학에게만 독설과 핀잔을 퍼부어대는 모습이 우습다.

또한 모든 낭인의 존경을 한 몸에 받는 유랑의선의 딴죽을 그냥 지나치는 법 없이 하나하나 되받아치는 임학의 개김성도 빼놓을 수 없는 재미다.

둘이 옥신각신거리는데 왕고고가 무영의 손을 잡았다.

“갈 것이냐?”

“당연합니다.”

낭백의 명도 명이려니와 무영 스스로도 가고 싶은 자리다.

천가다! 벽씨세가가 단 한 번도 넘지 못했고, 그렇게 넘어보려고 발버둥치다 결국 모든 것을 잃게 만든 주범이다!

절대자. 궁극의 목표이자 목적인 상대를 대면할 기회인데 이를 어찌 놓치겠는가?

“어떻게, 혼자 가겠느냐?”

왕고고의 질문에 무영이 입을 열려는데 이번에는 임학이 대답을 가로챘다.

“혼자서는 무리겠지만 적어도 목적지까지는 각자 흩어져서 가야만 합니다. 대제전이 열리는 곳에서 합류해야겠지요.”

무영도 같은 생각이었는지 별반 반응을 보이지 않자 왕고고가 임학에게 재차 물었다.

"시선 분산의 차원에서냐?"

"당연한 말이잖아, 할멈."

왕고고에게 찻잔을 내밀며 임유현이 수염을 쓰다듬었다.

"그나마 무영이와 손발이 맞는 놈들을 꼽으라면 파랑이랑 학이 녀석인데 이놈들은 얼마 전에 큰일을 한번 냈잖아? 들키지는 않았지만 꼬리는 길면 밟히는 법. 만약 이번에도 함께 행동하겠다면 방식을 바꿔야겠지."

"바로 그 말씀입니다."

임유현의 지적에 임학이 고개를 끄덕였다.

"비록 초대장 하나로 다섯 명이 입장 가능하다고는 하나 우리 세 사람이 그것에 묻어간다면 자연 사람들의 눈길을 끌 소지가 다분합니다. 해서 무영 공자는 낭백께서 주신 초대장으로 대제전에 참가하고 저도 강호의 친구들을 수소문해서 대충 편승하고……."

"그럼 나는?"

주파랑이 자신을 가리키며 난처해하자 임학이 혀를 찼다.

"이런 답답할 때가. 아니, 술 좋아하고, 여자 좋아하고, 사람 좋아하여 삼호대협에다가 호방하기 이를 데 없어 통쾌림리로 통하는 창귀 주파랑 대협께서 초대장을 함께 나눌 지인이 한 사람 없어서 울상 짓는다는 거요?"

"없긴 왜 없어! 그냥 해본 소리지! 내 작심하고 알아보면 초대장 받은 친구가 적어도 백 명 정도는 나올 거다!"

"잘됐네! 그럼 백 명 가운데 골라서 가시구려!"

"물론이야!"

주파랑의 자존심을 한껏 북돋아 원하는 대답을 이끌어낸 임학이 실소를 머금었다.

다루기 편하다. 그래서 좋긴 한데 가끔은 미안하다.

아주 조금.

그렇게 각자의 입장이 정리되자 왕고고가 나지막이 중얼거렸다.

"험로(險路)가 기다릴 것이야."

"사지(死地)라도 마다할 처지가 아닙니다."

무영이 어금니를 지그시 물자 왕고고가 그의 손을 꼭 쥐어 주었다.

"그래, 그래. 오죽하겠누."

왕고고의 체온은 무영의 저며 오는 가슴을 달래주기에 충분했다.

* * *

"이제 정식으로 인사를 하게 되는군요."

마흔여덟의 장정을 앞에 두고 무영이 감회 어린 목소리로 입을 열었다.

"그러니까 여러분은 제가 동굴에 들어가는 순간부터 입구를 지켰다는 말씀이로군요."

그렇다. 마흔여덟 명의 풍운벽력대원은 무영이 동굴에 들어갈 때부터 철통같이 입구를 막아섰던 거다.

그 누구라도, 설령 대상이 천가주 천가휘라 할지라도 동굴문을 열려고 했다면 주저없이 나섰을 것이다.

목숨처럼 소중히 여기던 세가의 멸문을 목도하면서.

"육가의 연합공격이 시작되었다는 전서구를 받고 사천 여기저기에 흩어져 지내던 우리 마흔여덟은 십칠 년 만에 뭉쳤습니다. 예, 부여받은 명 때문이지요."

풍운벽력대의 수석대원 조철립이 묵직하게 입을 열었다.

"한달음에 달려간 벽씨세가. 꿈에도 잊지 못했던 벽씨세가. 우리의 벽씨세가는 이미 적들의 발톱과 이빨에 처참히 난도질당한 상태였습니다."

조철립이 어딘가를 응시하며 주먹을 쥐었다.

"전각은 불타오르고, 사람들은 도륙당한 채 여기저기서 신음성을 내질렀지요. 그러나 우리는 아무것도 하지 못했습니다. 아니, 할 수 없었습니다."

만약 풍운벽력대가 십칠 년 전에 육가의 침공에 맞서 벽씨세가와 함께 싸웠다면 어땠을까?

그들의 합류만으로 전세를 뒤집었을까? 오가의 연합 공격을 막아내고 벽씨세가를 지키는 것은 물론 더 나아가 강호의 절대자이자 모든 일의 원흉인 천가를 꺾었을까?

'아니.'

눈을 감으며 무영이 고개를 흔들었다.

육가 연합이다.

무림의 최정상에 군림하는 천가의 지휘하에 모인 연합세력이란 말이다.

마흔여덟의 무인만으로 어찌할 상대가 아니었다는 거다.

풍운벽력대가 할 수 있는 일이라곤 시간 벌기가 다였으리라.

고작 차 한 잔 마실 시간을.

'그리고 전멸했겠지.'

무영의 마음을 헤아렸는지 조철립의 목소리에 비통함이 어렸다.

"압니다. 비록 참전했더라도 세가의 멸문을 막을 도리는 없었겠지요. 그러나 함께할 수는 있었습니다. 무뎌진 검의 날을 세워주며 따사롭게 웃던 병기창의 황씨, 많이 먹어야 힘도 쓴다면서 산만큼이나 밥을 퍼주던 공 할머니, 급료 문제로 늘 다투었지만 누구보다 정이 깊어 대원들의 경조사를 일일이 챙기던 요 관가(官家)님……."

추억 속에서 하나하나 되살아나는 이름을 되새기며 조철립이 한숨지었다.

"이런 분들이 속절없이 목숨을 잃는데 아무것도 할 수 없는 무력감, 가슴이 갈가리 찢긴들 이보다 더한 고통이 어디 있겠습니까?!"

풍운벽력대가 겪은 아픔이 전달되어 무영도 가슴이 울컥해졌다.

저들을 감당할 힘이 있었으면.

저들을 몰아낼 힘만 있었으면.

승리? 그렇게 거창한 결과까지는 바라지도 않았다.

그저 저들을 세가에서 쫓아낼 힘만 있었더라면.

…이 한목숨 아깝지 않았을 텐데.

조철립의 애틋한 절규에 무영의 두 눈에서 피 같은 눈물이 흘러내렸다.

"아니, 그런 가능성이 엿보였더라도 저희는 참전할 수 없었습니다. 선가주님의 지엄하신 명을 따라야 했으니까요. 저희는 그렇게… 동굴을 지켰습니다."

조를 나누었다. 스물넷씩 두 개 조로 나누어 첫 번째 조원이 일 년간 동혈을 지키면 나머지 조원들은 사천의 각 지역에서 뿌리를 내려 무림 동향을 파악하고, 기간이 끝나면 역할을 바꾸는 식의.

그렇게 칠 년이 흘러 무영이 출동을 하면서부터 이들은 찰거머리처럼 그의 주위를 맴돌다 종씨세가에서 사단이 발생할 것을 예상하고 전원 소집령을 내렸던 거다.

"늦지 않아서, 그나마 늦지 않아서 다행이었습니다."

"정말 고맙게……."

"가주님 또는 저희에게 말이지요."

조철립의 말에 숨겨진 의미가 무엇인지 알 것만 같아서 무영의 고개를 절로 숙여졌다.

이십사 년이라는 모진 세월을 참았다.

패배, 그리고 죽음이라는 이름 아래 숨어야만 했다. 무인으로서의 긍지와 자존심은 모조리 발가벗겨진 것으로도 모자라 생매장을 강요당했단 말이다.

이 모두가 하나의 명을 완수하기 위함인데 그 목표가 사라진다면 자신들의 이십사 년은, 무인으로서의 긍지는, 자존심은,

누구에게 보상받아야 하는가!

핏발선 눈으로 무영을 바라보던 조철립이 주먹을 으스러지게 쥐었다.

"반드시, 반드시……."

무영이 고개를 들자 조철립이 야수처럼 포효했다.

"반드시 그자들에게 대가를 받아내십시오……. 반드시 말입니다!"

그가 무릎을 꿇자 나머지 마흔일곱 명의 풍운벽력대원도 따라서 꿇으며 소리쳤다.

조철립과 조금은 다른 어투의 외침.

"대가를 받아주십시오!!"

이들의 호소는 해일처럼 무영의 가슴을 때렸기에 그 역시도 성난 폭풍우와도 같은 화답하지 않을 도리가 없었다.

"아시다시피 저는 아버님의 본심도 모르는 채 십칠 년 동안 갇혀 지냈습니다. 그분의 뜻을 헤아렸을 때는 강철 같은 바위가 저를 막아섰지요. 그렇지만 단 한 번도 포기하지 않습니다."

잠시 숨을 멈춘 무영이 손을 들었다.

"갇혀 지낼 때는 자유를 갈구했으며 동굴에서는 복수를 갈망했습니다. 이게 무슨 뜻인지 아시겠습니까?"

완연히 힘을 찾은 무영이 손가락을 하나하나 오므려 주먹을 만들어냈다.

"사천제일인이라는 관후대협도! 무림의 새로운 태두라는 천가도! 저에게는 극복의 대상이었을 뿐, 결코 두려움으로 자리하지 않았다는 겁니다! 대가요? 물론 받아내겠습니다, 당연히 받아야겠지요! 그것이 제 목표이자 살아가는 이유입니다!"

무영의 장중한 연설이 끝나자 조철립이 태산 같은 몸을 일으켰다.

'호부 밑에 견자 없다더니…….'

새삼스런 눈으로 무영을 응시하던 조철립이 입을 달싹였다.

"그래도 선가주께서는 행복하셨겠습니다."

"무슨 말인지?"

무영이 의아해하자 조철립의 얼굴에 처음으로 웃음이라는 이름을 지닌 표정이 떠올랐다.

"저희 풍운벽력대는 선가주께서 하루하루 열패감에 사로잡혀 생을 연명하셨을 거라 짐작했지요. 그러나 아니었습니다. 절대로 아니었어요. 선가주께서는 새싹을 틔우는 보람으로 하루하루가 더없이 행복하셨을 겁니다. 정말이지……."

자부심 어린 얼굴로 무영을 직시하며 조철립이 힘주어 말했다.

"가주님을 모시게 되어 참으로 다행입니다… 우리 모두에게."

이제야 자신들과 무영을 동일시하는 걸까?

말을 늘이던 조철립이 최대한 정중하게 포권했다.

"풍운벽력대가 진정한 주인을 섬기게 되어 기쁘기 한량없습니다!"

그들을 감격스레 바라보던 무영도 마주 포권하며 떨리는 목소리로 말했다.

"무영이 벽씨세가의 최정예 풍운벽력대와 함께할 영광을 가지게 되었소이다. 아직 부족하고 모자라나 언젠가는 반드시 천가를 무너뜨리고 무너진 벽씨세가를 재건할 것을 약속하오."

그렇게 마흔여덟 개의 영혼이 하나가 되는 순간 멀찍이서 지켜보던 벽산산의 눈에 이슬 같은 눈물이 맺혔다.

'지켜보고 계시지요, 아버지? 오라버니께서는 벽씨세가의 가주로서 훌륭하게 커나가고 계신답니다.'

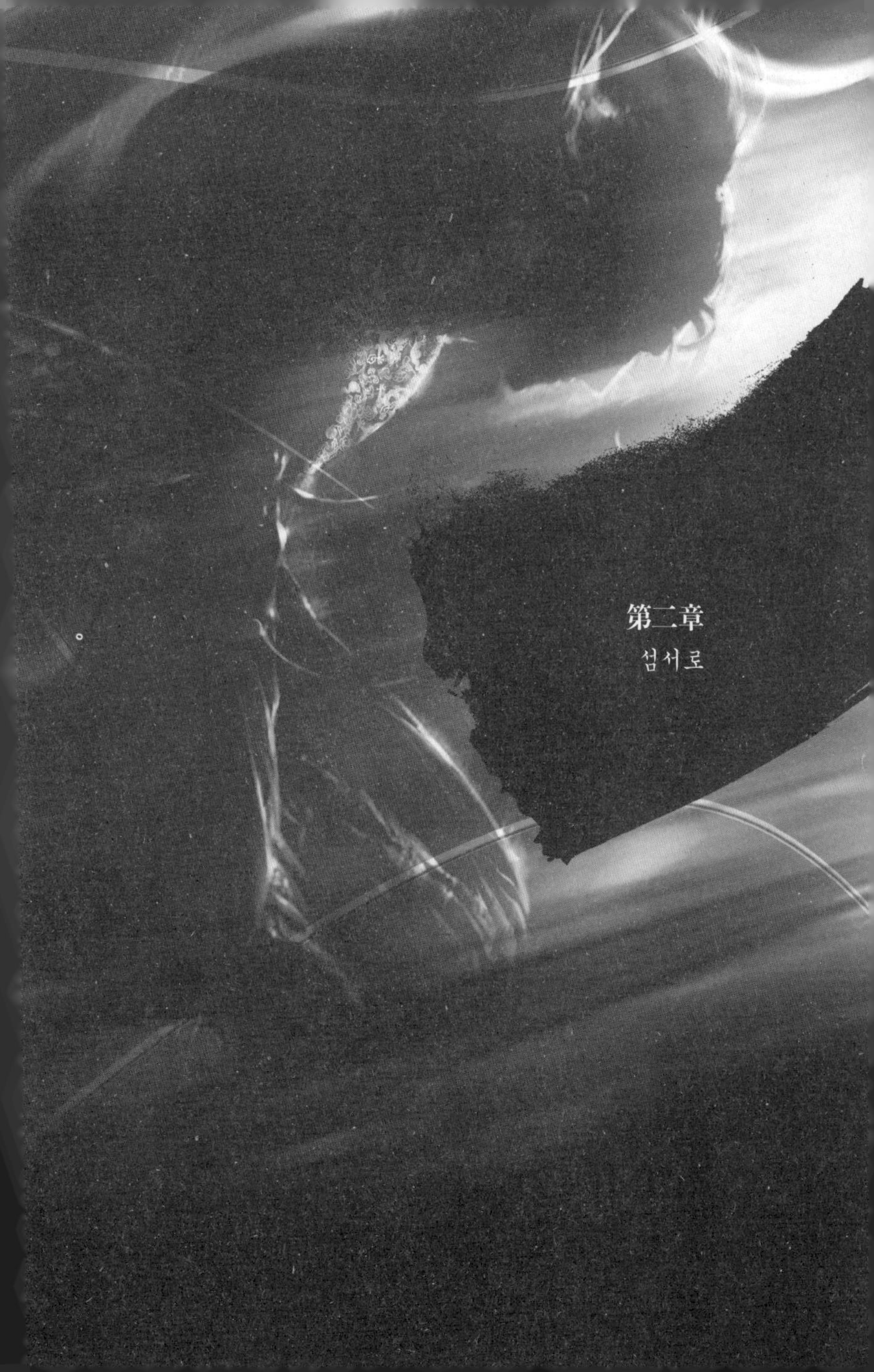

第二章
섭서로

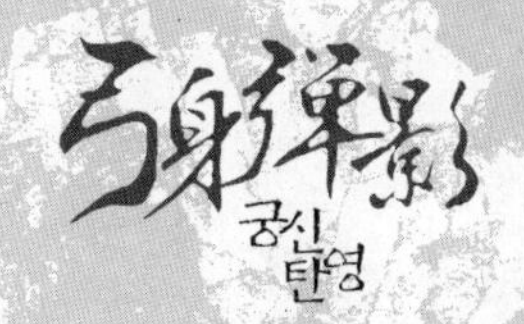

"솔직히 말해."

"뭘 말이오?"

"개별적으로 뭉치자고 한 거. 다른 꿍꿍이가 있지?"

"무슨 꿍꿍이? 그런 것 없소!"

임학이 딱 잡아떼자 주파랑이 그의 소매를 잡았다.

"이거, 이거… 선수끼리 왜 이래? 어서 이실직고하라고!"

"할 말 없다니까?"

손을 털어내며 임학이 완강하게 거부 의사를 표하자 머쓱해진 주파랑이 입맛을 다셨다.

뭔가 있다. 이건 감이 아니라 같이 지낸 경험에서 우러나는 느낌이다. 감과 느낌은 같은 말이 아니냐고? 아니다. 결단코 아니다. 감은 모호하지만 느낌은 감보다 실체적이다.

적어도 주파랑에게는.

'어떻게 끄집어낸다냐…….'

고심하던 주파랑이 정공법을 택하기로 마음먹었다.

일반인으로는 다소 괴상한 정공법을.

"한잔할까?"

움찔 걸음을 멈춘 임학의 고개가 서서히 돌아갔다.

"바쁜데……."

이미 임학의 발길은 객잔 쪽으로 돌아간 상태였다.

반시진도 지나지 않았는데 둘의 탁자에는 술병이 수북했다.

"이제는 말해봐. 더 마셨다가는 인사불성이 될 판이라고."

"누가? 내가 인사불성이 될 거라는 거요? 주 대협, 취했구먼. 덩치는 태산만 해가지고 벌써 취한 거야. 아이고, 허우대가 아깝다. 허우대가 아까워."

혀가 꼬이기는 매한가지였지만 서로 취했다고 우기던 두 사람이 결국 술 한 병과 구운 오리 한 마리를 더 시키는 것으로 합의를 봤다.

"오늘 내 호주머니를 털기로 작정했군. 좋아, 궁금증 푸는 데 이 정도의 지출이야 감수할 용의가 있지."

주파랑이 호기를 부리자 임학이 비죽 웃었다.

"더 털 용의도 있는데……."

"신소리 말고!"

주파랑이 고리눈을 뜨자 어색하게 웃으며 오리 다리에 손을 가져가던 임학이 불쑥 물었다.

"낭백의 의도나 파악하고 이러는 거요?"

"음?"

"낭백께서 무영 공자에게 초대장을 준 이유, 설마 짐작도 해보지 않은 거요?"

"그야 뭐, 불구대천의 원수인 천가의 힘을 실체적으로 파악해 보라는 취지 아니었겠어?"

"그리고, 또?"

"또? 그럼 뭐라도 더 있는 거야?"

임학의 질문에 주파랑이 입을 내밀었다.

본래 머리 쓰는 걸 병적으로 싫어하는 주파랑이다. 짱돌을 굴리느니 차라리 힘으로 해결을 보는 편이 백배는 낫다는 걸 일생일대의 좌우명으로 삼고 살아가는 그다.

그런 자신이 분석이라는 놈을 해봤다, 비록 단편적이라지만.

이 정도면 훌륭하지 않은가! 여기서 무엇을 더 바란다는 건가?

주파랑이 뚱한 표정을 짓자 임학이 독백처럼 중얼거렸다.

"낭백께서는 야랑곡을 목숨처럼 아끼신다. 그렇지만 야랑곡은 현재 지지부진한 모습을 면치 못하는 실정이다. 느닷없이 무영이라는 변수가 등장했다. 그가 야랑곡에 변화의 바람을 불러올지 모르지만 결정적인 문제로 무림의 하늘이라는 천가와 같은 하늘을 이고 살아가지 못하는 처지다. 그래서 낭백께서는 무영에게 천가의 힘을 직접 경험해 보라는 의미에서 초대장을 주셨다."

오리 다리를 기운차게 뜯어내며 임학이 말을 맺었다.

"그들과 정말로 싸울 건지, 아니면 힘을 기르는 방향을 택할지."

"잘 아네."

주파랑의 대답에 임학이 고개를 저었다.

"그게 다는 아닐 거요. 적어도 내가 아는 낭백이라면 그 정도 선에서 그칠 분이 아니오."

대체 뭔 말인지.

주파랑의 입이 점점 더 튀어나오자 임학이 눈을 빛냈다.

"물론 주 대협의 추론은 정확하오. 그렇지만 낭백께서는 이와 별도로 다른 주문, 또는 바람을 담으셨을 게요."

"어떤?"

"그건 모호하오. 한마디로 정의내리기 어렵다는 거지."

"뭐야, 그게? 그런 말은 나도 하겠다."

주파랑이 투덜거리자 임학이 뜯어낸 오리 다리를 손가락 끝으로 빙글빙글 돌렸다.

"솔직히 말한다면 나도 가늠할 수 없소이다. 낭백께서 무영 공자의 가능성을 어디까지 보시는 건지."

말을 마친 임학이 오리 다리를 입에 넣고 우물거렸다.

'나는 다른 것보다 낭백께서 무영을 신뢰하는 이유를 모르겠어. 두 분이 만나 건 고작 두 번, 그나마 처음은 일촉즉발의 상황이었다고 하고, 두 번째는 무영의 과거사, 즉 약점을 토설하는 과정이었을 텐데 도리어 초대장에 본인의 절기까지 전수했다? 이건 상식적이지 않아. 절대 일반적인 경우가 아니라고.'

임학의 미간에 주름이 잔뜩 잡히자 시시콜콜 따지던 주파랑도 맥이 풀려서 목을 뒤로 젖혔다.

"몰라, 될 대로 되라지. 내일부터 초대장 받은 지인이나 수소문해 봐야겠다."

*　　*　　*

섬서로 떠나는 당일, 두 손을 맞잡고 다정하게 담소를 나누는 오누이를 보며 임유현이 혀를 끌끌 찼다.

"어딜 봐서 저게 오누이로 보이남? 영판 연인이지."

"그래서 영감이 안 되는 거요."

왕고고의 핀잔에 임유현이 눈을 둥그렇게 떴다.

"내가 뭘? 뭐가 안 된다는 건가?"

"누이가 있어 봤소? 동생이든 손위든?"

임유현은 위로 두 분의 형님만 계실 뿐. 여자 형제는 없다.

"꼬, 꼭 누이가 있어야 오누이 사이를 알까? 미루어 짐작해도 충분하다고."

말을 더듬는 임유현을 한심하다는 얼굴로 보며 왕고고가 낮게 한숨을 내쉬었다.

자기 확신.

머리가 좋은 이들의 한계, 또는 약점.

스스로 내린 추론이나 판단을 추호도 의심하지 않으며, 종국에는 남에게 강요하다가 자신의 논증이나 결론에 약점이 드러나면 수많은 궤변과 가설을 앞세워 어떻게든 빠져나간다.

'그러니까 자기보다 오십은 어린 아이와도 매일 으르렁거리지, 한심한 영감아!'

임학도 같은 부류이기 때문에 임유현과의 마찰은 숙명이

라 할 수 있다.

이른바 신구간의 대립이리까?

두 노인이 어떤 생각을 하든 무영과 벽산산의 이별은 한 편의 경극이었다.

"사실 죽으려고 했어요."

벽산산의 말에 무영이 고개를 떨어뜨렸다.

무슨 말을 하겠는가. 그런 상황에서 목숨을 부지한 것 자체가 기적에 가까운데.

개나 소보다도 못한 대접, 굴욕이라는 단어 가지고는 한참 모자란 대우를 받으면서 살아온 칠 년.

"오라버니의 함자가 강호에 울려 퍼지는 날, 미련 없이 목숨을 끊으려고 작정했답니다. 그런데 사람이란 참으로 간사하더군요. 종려원의 입에서 오라버니의 함자를 듣는 순간 꼭 한 번 뵙고 싶다는 욕심부터 앞서더라고요."

"내가 할 말이 없구나."

"아니요, 결국 오라버니께서는 저를 구해주셨고 이렇게 치료까지 해주셨는걸요? 제게 두 번째의 삶을 부여하신 분은 어디까지나 오라버니예요."

벽산산의 칭찬도 무영에게 큰 위로가 되지는 못했다. 침울한 표정의 무영을 바라보던 벽산산이 단정한 인사를 보냈다.

"오라버니, 몸성히 돌아오셔야 해요, 반드시요!"

"물론이다. 내 걱정은 말고 너도 몸을 보중해야 한다."

절절한 눈빛 교환. 애닮은 대화.

"만약 불상사가 발생한다고 해도 큰 걱정은 하지 말거라. 풍운벽력대 여러분이 지켜줄 것이니."

풍운벽력대는 끝까지 동행을 고집했지만 무영의 만류에 뜻을 접었다.

일단 마흔아홉 사람이 한꺼번에 몰려다니면 필연적으로 사람들의 이목을 끌게 될 것이고, 몸을 완전히 추스르지 못한 벽산산을 지켜달라는 무영의 부탁이 주효하게 작용했다.

"그래도 혼자 먼 길을 떠나시니 걱정부터 앞서네요."

"먼 길이라니? 섬서는 사천의 바로 옆 동네가 아니겠느냐? 누가 들으면 남만이라도 가는 줄 알겠다."

벽산산의 머리를 쓰다듬으며 무영이 밝게 웃었다.

사실 떠나고 싶지 않다. 만난 지 불과 두 달여 만에 다시 헤어져야 한다니.

그렇지만 가야 한다. 반드시 가서 먼발치에서라도 그들의 힘과 저력을 가늠해야겠다.

"별일 없을 터이니 걱정하지 말고 기다려라. 곡주님, 설미 소저, 그리고 풍운벽력대 여러분과……."

말을 늘이던 무영이 한구석에서 자신들을 힐끔거리는 정효찬을 발견하고 인상을 구겼다.

"아니, 그분들이면 충분하다. 그분들과만 교우를 나누어라. 다른 이들은 그냥 무시하고."

"그게 무슨 말씀……?"

벽산산이 반문하자 얼른 대답하지 못하고 무영이 우물거리는데 주파랑이 냉큼 끼어들었다.

"효찬이랑 어울리지 말라고 왜 말을 못 하시나? 쪽팔려서? 아니면 설득력이 빵점에 가깝다는 사실을 본인도 아니까?"

"주, 주 대협!"

주파랑이 돌발적인 공격에 무영의 얼굴이 빨개졌다.

"그러니까 저는……."

"아니, 왜요?"

무영이 말을 자르며 벽산산이 고개를 갸웃거렸다.

"정 공자님처럼 예의바르고 순수한 분과 어울리지 말라니, 설마 오라버니께서 그런 말씀을 하시겠어요?"

벽산산의 말에 주파랑이 어깨를 으쓱이며 무영에게로 몸을 돌렸다.

"이렇다는데?"

"끄응!"

이마를 짚으며 무영이 물러섰다.

난감하다. 누이에게서 정효찬을 떼어내려면 그가 예의를 모르는 무뢰한에다가 순수와는 거리가 먼 종자라고 이야기를 해야 하는데 그런 거짓말을 할 수는 없지 않은가.

"고지식하긴."

주파랑이 무영의 귀를 잡아당겼다.

"이 친구야, 설마하니 효찬이랑 자네 누이가 곧바로 정분이라도 날 것 같아? 자네답지 않게 왜 그리 안절부절, 전전긍긍이야?"

"전전긍긍이라기보다……."

"전전긍긍이 아니긴, 효찬이를 무슨 늑대 대하듯 바라보던데. 남자는 모두 늑대라고 말하고프면 자신의 성 정체성부터 따지라고. 자네보다야 효찬이가 훨씬 순한 늑대지. 아니야, 늑대는 무슨. 토끼에 가깝다고 봐, 난."

주파랑답지 않은 논리적인 공세에 무영이 이를 악물었다.

"어디까지나 오라비로서의 직감으로……."

"직감 좋아하네. 평생 여동생 끼고 살 생각 아니라면 좀 내버려 두라고."

둘의 귓속말을 반쯤 알아들은 벽산산의 표정이 미묘하게 일그러졌다.

"설마 오라버니……."

"신경 쓰지 마라."

벽산산의 말을 칼같이 잘라 버린 무영이 빙글 몸을 돌려 정효찬에게 다가섰다.

"너……."

"예, 옙!"

"내 분명히 말해두는데 산산이 옷깃이라도 스치면 죽는다."

"예."

"야한 농담을 던져도 죽는다."

"예."

"음심을 품어도 죽는다."

"예."

"건전해라."

"건전이라면……."

정효찬의 물음에 그의 어깨를 두어 번 두드리며 무영이 이야기를 마무리 지었다.

"건전해. 건전하지 않으면 넌 죽어."

* * *

벽산산과 눈물겨운 이별을 하고 말에 오른 무영이 야랑곡을 벗어나고서야 비로소 동생과 떨어져 지내야 한다는 사실을 실감해야만 했다.

야랑곡의 수많은 식구들, 그리고 풍운벽력대원을 생각하

면 든든하지만 곁에 두고 지켜주는 것과 차이가 크다 보니 자연 걱정이 앞선다.

평생 여동생 끼고 살 생각 아니라면 좀 내버려 두라던 주파랑의 말은 분명 일리가 있지만 때로는 감정이 이성을 송두리째 잠식하는 경우도 있다.

지금처럼.

"건전해라, 아니면 죽는다."

같은 말을 반복하던 무영이 탁 트인 경관을 보며 저도 모르게 탄성을 내질렀다.

같은 사물, 같은 경치라도 그 사람이 처한 상황에 따라 전혀 다른 느낌으로 인식되는 법이다.

하루 벌어 하루 먹고사는, 그렇게 퍽퍽한 삶을 살아가는 이들에게 제아무리 빼어난 경관을 구경시켜준들 무슨 의미일까?

반대로 하루하루가 즐거운 이들에게는 벌거벗은 민둥산이라도 천혜의 경치가 된다.

여동생이라는 원죄가 해결되자 철이 들기 시작할 때부터 단 하루도 여유가 없이 살았던 무영의 마음에도 조금의, 아주 조금의 말미가 생겨났다.

"사람들이 나들이를 가는 이유가 있구나……."

봄 햇살을 머금고 힘차게 가지를 뻗는 나무들, 아침 이슬을 취하고 방긋방긋 웃음 짓는 꽃들과 이에 취해 싱그러운 웃음을 짓는 사람들, 사람들.

그들의 손에 들린 도시락은 단순한 음식이 아닐 것이다. 점심이라는 의미를 넘어서 봄나들이의 필수품이자 오늘의 즐거움에 정점을 찍는 요소일 터.

즐겁게 담소를 나누며 산에 오르는 가족의 손에 들린 도시락을 보고 급격히 허기를 느낀 무영이 배를 어루만졌다.

'배고픔이라…….'

참으로 인간적인 감정, 사람으로서의 기본적인 욕구지만 그에게는 낯선 기분이라 어쩐지 어색해진 무영이 주위를 둘러보았다.

이 정도는 허락되어도 될 텐데, 이런 수준은 느껴도 상관없을 텐데.

괜히 미안해진다, 먼저 떠난 이들에게. 한가하게 이런 감정이나 품는다는 사실이.

"성이나 넘자."

건포를 꺼내 우물거리며 무영이 말고삐를 고쳐 잡았다.

사천에서 어정거리는 시간이 늘어날수록 잡념이 많아질 터.

일단 섬서로 가는 거다.

* * *

밤낮을 쉬지 않고 며칠간 말을 몰아 섬서성에 들어선 무영이 풀어지는 마음을 다잡고 서안으로 향했다.

서안. 섬서성의 성도로 수많은 문화 유산과 유적들이 존재하는 곳.

물론 명소를 보려고 무영이 서안을 가는 것은 아니었다. 섬서에 온 김에 육문 가운데 하나인 화산파를 들를 셈이었고, 서안은 화산의 근처라서 잠시 머물기에 제격이라 생각했던 거다.

그런데…….

너무 사람이 많다!

'명승고적이 많은 만큼 사람까지 많다는 건가?'

기나긴 겨울을 보내고 찾아온 봄이 기꺼워서 몰려나온 인파들. 이곳 사람들뿐만 아니라 다른 지역에서 사는 이들까지 유람 차 방문한 모양이었다.

'그것만이 전부는 아니겠지.'

승, 도, 속, 모든 계층의 사람들. 그들은 무언가를 천으로 둘둘 말고, 옷 사이에 우겨 넣어서 어떻게든 가리려고 했지만 병장기라는 게 너무 티가 나서 무영이 실소를 머금었다.

'제일차 무림상합대제전의 참가자들이로군.'

무림상합대제전의 개최는 앞으로 보름이나 남은 상태. 너무 일찍 도착한 이들이 시간이 남아서 유람이라도 나온 모양이었다.

“나는 일단 현종과 양귀비가 사랑을 나눈 장소로 유명한 화청지부터 갈 거야. 또 아나? 해상탕에 몸을 담그고 지그시 눈을 감으면 양귀비가 세월을 거스르고 모습을 드러낼지?”

눈이 부리부리한 장한이 음담패설을 늘어놓자 같은 과인 누군가가 생각나서 무영이 고개를 저었다.

“일단 현장법사의 유골을 모신 홍교사부터 가보세. 그리고 시간이 남으면 시인 왕유의 과향적사로 그 이름을 널리 알린 향적사로 찾아야겠지.”

승려들이 걸음을 재촉했으며,

“명필 구양순과 안진경, 그리고 이양수 등의 친필 석각과 조철, 소식, 조맹부 등 명사들의 진적비 등이 모여서 숲을 이루었다는 비림부터 가야지. 도우들, 어서 가세나.”

도가 냄새가 풀풀 날리는 도인들이 무영을 지나쳐 사라졌다.

그렇게 발길을 재촉하는 이들을 지켜보던 무영이 뭔가 이질감을 느껴서 눈썹을 모았다.

이들의 대화를 듣노라니 걸리는 점이 있다. 그런데 말로 설명할 수는 없다.

'대체 뭘까?

팔짱을 끼고 잠시 고심하던 무영이 곧 말고삐를 잡았다.

그리 대단한 것도 아니었고, 고민한다고 답이 나올 문제도 아니라고 판단했다.

길거리에서 시간을 죽이느니 차라리 숙소를 잡고 휴식을 취하는 편이 낫다고 판단했던 거다.

여러 계층의 인물들이 언급한 명소들은 서안 시내라기보다 외곽 지역에 산재한 탓에 정작 시전으로 들어서자 사람들은 그리 많지 않았다.

하지만 객잔은 달랐다.

"어섭셔!!"

기묘한 인사말로 호객을 하는 점소이에 이끌려 객잔에 들어선 무영이 입을 떡 벌렸다.

많다. 충분히 많다.

호객 행위를 하는 이유를 알 수 없을 정도로 손님이 넘쳐난다. 사람이 하도 많아서 음식을 먹을라 치면 합석은 기본이고 네 사람이 앉을 탁자에 대여섯은 필수다.

대체 이 점소이… 왜 이러는 걸까?

'메뚜기도 한철이라는데 무림상합대제전을 빌미로 한몫 거머쥐려는 모양이로군.'

그렇다고 나가자니 다른 곳들도 사정은 별반 다를 것 같지 않아서 무영이 점소이를 따라 아무 식탁에나 앉았다.

"무엇을 드릴깝쇼? 말씀만 하시면 무엇이든 만들어드립니다!"

기세와 표정만으로는 능히 용의 내장이라도 대령할 기세라서 무영이 점소이에게 그저 탕 한 그릇과 만두를 주문했다.

사람이 많은 만큼 시끄러운 객잔.

무인들은 무인들대로, 일반인은 일반인대로.

저마다의 관심사를 목청껏 토로하다 때로 언쟁도 하고, 다시 토론하고, 그러다가 의견이 일치하면 언제 싸웠냐는 듯 잔을 부딪치며 건배를 외치는 사람들.

소음이다. 알아듣기도 힘들 정도로 말과 말들이 뒤엉켜 불협화음을 연출하고 있다. 당연히 거슬리고 당연히 짜증나야 할 순간임이 틀림없는데…….

기분이 나쁘지 않았다. 아니, 오히려 저들 사이로 끼어들고픈 마음까지 일어서 무영이 머리를 긁었다.

'독심이 무뎌지는 건가.'

강호에 출도한지 고작 석 달이 지나지 않았는데 벌써 마음이 풀어질 수는 없다.

천가라는 거대한 목표를 뛰어넘으려면 일반인들과 같이 사고하고, 같이 생활해서는 안 된다.

고독할 수밖에 없는 운명이라고 수도 없이 다짐했건만 여동생에 관한 부담을 떨쳤다고 벌써부터 해이해지다니.

무영이 자책하는데 점소이에게 또 한 사람이 질질 끌려왔다.

"다른 데 둘러봐야 우리 객잔만 한 곳은 없지요! 괜히 시간 낭비하지 마시고 어서 앉으십쇼!"

특이한 어투를 자랑하며 점소이가 데려온 사람은 여인이었는데 덥수룩하게 자란 앞머리로 얼굴을 가려서 용모를 파악하기 어려웠다.

여인이 자리에 앉자 점소이가 주문을 받으려고 입을 벌리는데 한구석에서 무인으로 보이는 무리가 신경질적인 어조로 그를 불렀다.

"이봐, 점소이! 그까짓 술 한 덩이 가져오는 데 몇 시진이 걸리는 거야!"

방금 전에 주문해 놓고 시진 타령하는 무인들의 태도에 짜증이 날 법도 한데 점소이는 능란하게 대처했다.

"예, 예, 잠시만 기다리십쇼! 여기 술 한 덩이 급히 내주십쇼! 어르신들이 오래 기다리셨습니다!"

주문도 받지 못하고 점소이가 급히 자리를 비우자 멍하니 천장을 응시하던 여인이 나지막이 중얼거렸다.

"낡았다……."

그녀의 말에 이끌려 저도 모르게 천장을 바라보던 무영이 곧 고개를 바로 했다.

객잔에 들어와서 처음 한다는 소리가 낡았다, 라니. 그것도 생면부지의 사내 앞에서.

'살짝 모자란 사람인가?'

무의식적으로 그녀를 곁눈질하던 무영이 찻잔을 잡는데 여인이 다시 중얼거렸다.

"뭐였지……."

여전히 천장을 보며 중얼거리는 여인의 모습에 알 수 없는 섬뜩함을 느낀 무영이 주위를 둘러보았지만 옮길 자리가 마땅치 않아서 쓴 입맛을 다셔야만 했다.

인지상정이다. 독한 마음을 품고 강호에 나선 무영이지만 이런 여인과 겸상을 하고 싶지는 않았다.

아니, 무영이 아니라 그 누구라도 이런 사람과의 식사가 달가울 리 없다.

'곤란하군.'

음식이라도 얼른 나오면 대충 먹고 자리를 비우련만.

거북해진 무영과 달리 여인은 천장을 바라보다 찻물을 손끝에 찍더니 탁자에 그림을 그리기 시작했다.

"으흐흠~"

콧노래까지 부리며 장난에 매진하는 여인을 보며 무영이

고개를 젓는데 그녀가 다시 입을 벌렸다.

"어렵다……."

손끝에 물 묻혀서 그림 그리는 것이 어렵다는 말인가?

기도 안 막히는 말에 무영이 인상을 구기다 그녀의 손끝을 좇았다. 얼마나 대단한 명작을 그리시기에 어렵다는 말이 나오나 하는 심정으로.

'음?!'

일반인이라면 그 의미를 절대로 알 수 없는 도형. 여인이 그리는 그림은 단순한 장난 따위가 아니었다.

'뭐지, 이 여자?'

일반인뿐 아니라 어지간한 무인들도 뜻을 알아차리지 못할 도형. 일반적으로는 매화십이보라는 이름으로 불리고, 무영에게는 구십육 번으로 각인된 그림.

"이렇게… 이렇게……."

딴에는 열심히 머리를 굴리는데 여인은 매화십이보의 맥점을 전혀 모르는 눈치였다.

'하긴, 나도 무척이나 고생했지.'

당연하다. 강호십대보법 가운데 서열 삼 위에 해당하는 움직임이 매화십이보일진대 어찌 쉬울까.

만약 동엽풍의 가르침에서 비롯된 깨달음과 공감각이 없었더라면 영원히 풀지 못했을지도 모르는 극상승의 보법이 바로 매화십이보가 아니겠는가?

'그렇다면 이 여인은…….'

무영이 여인의 출신을 짐작하고 도형의 변화를 주의 깊게 관찰했지만 그녀는 그를 의식하지 못하고 자신만의 세계에 빠져 필사적으로 도형을 만들어갔다.

그렇게 한참을 열중하던 여인이 곧 입을 툭 내밀며 의자에 등을 묻었다.

"힘들다……."

토라진 아이마냥 여인이 볼을 불룩거리는데 실수처럼 무영이 잔을 엎자 담겨 있던 물이 탁자에 흘러내렸다.

"이런! 실례를 용서하시오!"

한 줄기 물이 주루룩 흘러서 도형을 지나쳐 자신에게 이르렀으나 여인은 늘어지게 하품을 했다.

"후아암, 수건 들고 돌아다니는 아저씨들이 치워줄 거예요. 신경 쓰지 마……."

거한 기지개를 켜던 여인이 망가진 도형을 보고 눈을 깜빡였다.

"어……."

뚫어지게 도형을 보던 여인이 넋 나간 사람처럼 중얼거렸다.

"풀렸다……."

고개를 처박고 도형을 보던 여인이 힘차게 고개를 쳐들자 앞머리가 들려져서 그녀의 얼굴이 잠깐 동안 노출되었다.

"……!"

얼굴만으로 따진다면 단연 발군!

염기와 색기로 무장한 종려원도, 조신함과 단아함으로 무장한 단목소설도 여인의 아름다움을 능가할 수는 없었다!

적이 놀란 무영이 입술을 깨무는데 그를 보며 여인이 말했다.

"밥 사줄게요."

"아니, 됐……."

"여기요!"

손을 들어 점소이를 부른 여인이 전낭을 푸르며 물었다.

"우리 얼마예요?"

여인을 바라보던 점소이가 답했다.

"저기… 아직 식사가 나오지 않았는뎁쇼……."

고개를 들어 점소이를 보던 여인이 머리를 긁었다.

"어쩐지……."

최대한 빨리 식사를 대령하겠노라며 점소이가 사라지자 여인이 배를 만졌다.

"배고프더라……."

만두가 나오자 그것들을 게걸스레 우겨넣은 여인이 주위를 둘러보다가 투덜거렸다.

"안 온다……."

누군가를 기다리는지 계속해서 구시렁거리던 여인이 인내심의 한계를 느꼈는지 벌떡 일어섰다.

"나쁘다."

특유의 단문을 남긴 여인이 무영의 대금까지 계산하고 객잔을 떠났다.

"괴짜로군."

어찌 보면 맹하고, 어찌 보면 선머슴 같은 여인의 태도에 무영이 피식 웃는데 옆자리의 사내들이 히죽거렸다.

"이봐, 방금 전에 나간 계집애 어때?"

"몸매 하나는 죽여주더라. 어지간한 기녀들은 저리 가라야."

히죽거리는 장한들을 보며 무영이 탄식했다.

'얼굴까지 봤더라면 허리춤을 풀고 달려들었겠군.'

시시덕거리던 장한들이 눈짓을 교환하다 슬쩍 일어섰다.

"요즘 너무 참았어."

"적당한 곳에서 덮치자고."

어깨를 나란히 하며 장한들이 병장기를 챙기고 객잔을 나서자 잠시 고민하던 무영이 결국 자리에서 일어섰다.

기회란 기다리는 자에게 주어지지 않는다. 다가서서, 외치고, 갈구해도 얻기 어려운 법이다,

원한다면 움직여야 한다. 잘 익은 감을 보고 떨어지기만을 기다리면서 입 벌리고 서 있는 우를 범할 수는 없다.

무영이 객잔을 나서자마자 주렴을 걷으며 늙은 도사 하나가 들어섰다.

급하게 객잔을 찾은 노도인은 사람들을 열심히 살피다 털퍼덕 주저앉아서 한숨을 내쉬었다.

"아이고, 또 어디로 갔누. 길도 모르고 사람도 모르면서."

여인은 한가로웠다. 흐느적거리며 걷다가 가판대란 가판대는 모조리 둘러보았다.

"예쁘다……."

나비 모양의 노리개를 만지작거리며 여인이 중얼거렸다.

"그게 마음에 드시우?"

여인이 고개를 끄덕이자 상인이 손가락 세 개를 펼쳤다.

"내 싸게 드리지. 단돈 석 문만 내시구려."

"……!"

뜨악한 표정으로 상인을 바라보던 여인이 슬쩍 전낭을 뒤지다 입을 내밀었다.

"근데 비싸다……."

"비싸다니? 어디서 이런 고급 노리개를 단돈 석 문에 살 수 있다고?"

상인의 대답에 여인이 노리개를 내려놓고 가판대를 뜨려는데 그녀를 뒤따라온 장한들이 고개를 내밀었다.

"어이, 예쁜 소저. 그 노리개 우리가 사줄까?"

고개를 천천히 돌린 여인이 장한들을 보다 손을 저었다.

"비싼데……."

"상관없어! 소저처럼 아름다운 여인에게 이 정도의 지출은 약과지! 석 문이라고 했나?"

호기롭게 전낭을 연 장한들이 상인에게 돈을 건네고 여인에게 노리개를 쥐어주었다.

"어이구, 손도 야들야… 들 하지는 않군. 고생을 많이 했나봐."

여염집 여인네들과는 다르게 그녀의 손바닥엔 차돌처럼 단단한 굳은살이 박혀 있어서 장한이 손을 놓았다.

"고맙습니다."

꾸벅 고개를 숙인 여인이 노리개를 가지고 떠나려 하자 장한들이 그녀의 어깨를 잡았다.

"그냥 가려고?"

"……?"

영문을 모르겠다는 얼굴로 여인이 고개를 돌리자 장한들이 그녀의 팔을 나누어 잡았다.

"세상 물정을 몰라도 너무 모르는군."

"모든 일에는 대가가 따르는 법이지."

두 장한의 음탕한 미소에 상인이 손을 들자 그중 하나의 칼이 번뜩였다.

"인생 접을래? 눈을 접을래?"

칼날이 목젖을 툭툭 두드리자 겁에 질린 상인이 눈을 질끈 감았다.

"누, 눈을 접겠습니다요."

"잘 생각했어."

칼등으로 상인의 머리를 두어 번 건드린 장한들이 여인을 끌고 으쓱한 곳으로 사라지자 인파 속에서 이들의 행동을 관찰하던 무영이 몸을 뺐다.

어지간만 하면 관여를 안 하려고 했는데.

'내가 왜…….'

인상을 구기며 무영이 따라가려고 하는데 누군가가 그의 팔을 잡았다.

"이보시게, 공자."

"저 말씀이십니까?"

"그럼 이 팔이 공자 팔이 아니라는 건가?"

맞는 말이다. 당연히 자신의 팔이다. 그런데 섬서에서 자신의 팔을 잡고 아는 척을 할 사람은 없다.

특히 도인이라면 더욱.

"무슨 일이신지……."

"혹시 젊은 처자 하나 보지 못했나?"

"여자라면?"

"음… 그러니까… 이십대 중반인데 덥수룩한 앞머리로 얼굴을 가렸어. 그리고……."

머뭇거리던 노도인이 내키지 않는 얼굴로 말을 이었다.

"좀 맹해."

"……!"

무영이 깜짝 놀랐지만 늙은 도인은 이야기를 멈추지 않았다.

"모자란 건 아닌데 멍하다는 거지. 중얼중얼 혼잣말을 하거나 멍청하게 허공을 보면서 하루를 지새우기도 한다네."

무영의 표정이 점점 변해가자 얼굴이 파랗게 질린 노도인이 손을 마구 내저었다.

"아, 오해는 하지 마시게! 상태가 조금 이상하다뿐이지, 미쳤다는 건 아니야!"

급히 변명하는 노도인을 물끄러미 바라보던 무영이 손을 들어 여인이 끌려간 곳을 가리켰다.

"저기?"

"두 명의 떡대에게 이끌려 들어가더군요. 불상사는 막으려고 따라 들어가려던 참입니다."

무영의 말에 노도인의 얼굴이 파랗게 질렸다.

"아, 안 돼!"

소리를 지르며 노도인이 달려가는 순간 한적한 공터에서 굉음이 울려 퍼졌다.

비명이 아니라 굉음이.

콰— 앙!

第三章

화산의 대사고

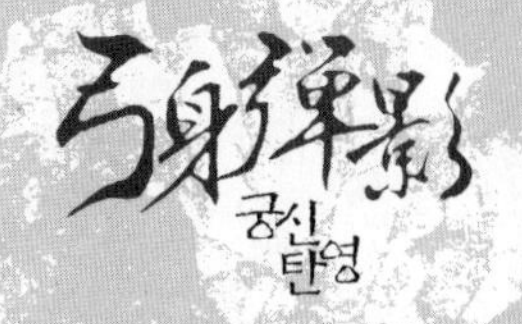

공터는… 난장판이었다.

벼락이라도 맞았는지 처참한 모습으로 박살 난 벽들과 뿌리째 뽑혀 나간 나무들. 그리고 두 명의 장한은 엉덩방아를 찧은 채로 입을 떡 벌린 상태였다.

"소, 소저!"

"마, 말로, 말로 합시다!"

여전히 얼굴을 가려 여인의 표정은 알 수 없었지만 장한들을 굽어보는 그녀의 손에 얇은 목검 하나가 들려 있었다.

장한들에게 천천히 다가선 여인이 나른하게 중얼거렸다.

"치한이다."

"무, 무슨 오해가 있는 모양인데 우리는 치한이 아닙니다!"

"그럼요! 우리는 하남이협이라는 인물들로서 강호에서 나름 인정받는 무인들입니다!"

장한들은 하남이흉(河南二凶)이라는 자들로서 하남에서는 나름대로 유명한 인물들이었다.

뭐, 그다지 좋은 의미로서의 유명세는 아니었지만.

"별호에 협자가 붙어 있으면서 왜 치한인 거야?"

여인의 물음에 장한들이 마구 손을 저었다.

"그러니까 오해라니까요!"

"우리는 절대 나쁜 사람이 아닙니다! 길 막고 한 번 사람들에게 물어보시라고요!"

"외간여자에게 찝쩍거리면 치한이다. 거기다 이상한 가루까지 사용했으니 색마가 틀림없다."

"이상한 가루라니요?!"

"저건 어디까지나 어떤 색마에게서 빼앗은 물건입니다. 못된 짓을 더 못하도록 압수한 거라고요!"

하남이흉이 비록 개차반에다가 파락호에 호색한이지만 하남에서 어깨에 힘을 주고 다닐 수 있는 이유는 어디까지나 그들의 무학이 꽤나 쓸 만하다는 점 때문이었다.

어지간한 일류 고수 정도는 단칼에 베어버릴 무위, 거기다 무인으로서의 긍지 따위는 쌈 싸먹은 인간성에서 비롯된 야비함과 얍삽함으로 무장한 인간들이 바로 하남이흉이었다.

이런 판국이다 보니 그들과 동급이거나 높은 무술을 지닌 이들이라도 더러워서 피하는 형국이라 하남에서 두 사람은 거칠 것 없이 살아왔던 거다.

그런 그들이 일개 여인에게 절절매다니.

하남이흉의 이야기를 듣던 여인이 목검을 들었다.

"변명이다."

"변명 아닙니다!"

"억울합니다, 여협!"

"진정성이 없다."

"이보다 어떻게 더 진정성이 있게 말을 합니까?!"

"가슴이라도 열어서 진심을 보여드려야 믿으시겠습니까?!"

"맞아라."

"으악!"

"제, 제발!"

하남이흉이 손으로 얼굴을 가리며 악을 쓰는데 여인이 무심하게 중얼거렸다.

"죽을지도 몰라."

여인의 손이 떨어지려는데 황급히 모습을 드러낸 노도인

이 그녀를 가로막았다.

"그만!!"

"어……."

말 그대로 엉거주춤하게 동작을 멈춘 여인이 노도인을 보며 투덜거렸다.

"늦은 주제에 화낸다."

"그게, 그러니까, 사정이……."

"적반하장이다."

"다시 말하지만 사정이……."

"조금 이따 따질 거다. 비켜라."

"이쯤에서 그만두는 편이……."

"나쁜 놈들 혼내는 거다. 비켜라."

이들의 대화를 듣던 무영이 심유하게 눈을 빛냈다.

노도인의 나이는 아무리 적게 잡아도 육십대 중반. 여인의 나이는 아무리 높게 쳐도 이십대 중반.

무려 마흔 살이나 차이가 나는데 여인은 노도인에게 하대를 하고 노도인은 여인을 어려워하는 눈치다.

반로환동? 그건 말이 안 되고…….

아무튼 여인의 팔이 내려가면 경천동지의 참극이 벌어질 터라 지켜보던 무영이 한발 나섰다.

"노사의 말씀처럼 이쯤에서 그만두시구려. 굳이 피를 볼

것까지는 없지 않소이까?"

"어……."

무영을 보던 여인이 그녀 나름의 반가운 시늉을 했다.

"좋은 사람이다."

여인이 팔을 내렸다.

"좋은 사람이 그만두라니까 그만둔다. 하지만 또 한 번 이러면 그때는……."

"절대요!"

"그럴 일 없습니다!"

용수철처럼 일어선 하남이흉이 걸음아 날 살려라, 사라지자 노도인이 눈을 동그랗게 떴다.

"아는… 사이……?"

"객잔에서 잠시 합석했습니다. 변변한 대화를 나눈 사이까지는 아니지만."

"대화했다."

여인이 말을 자르며 목검을 어깨에 걸쳤다.

"밥 사준다고 하니까 됐다고 했다. 또……."

목검의 손잡이를 빙글빙글 돌리며 여인이 말을 이었다.

"꼭 입으로만 말하는 법은 없다. 물잔 엎질러서 문제를 해결해 줬으니 그것도 대화다."

"잔을 엎질러서 문제를 해결해 줬다면?"

노도인의 물음에 여인이 손가락을 들어 무영을 가리켰다.

"저기 잘생긴 사람이 몇 달 동안 나를 힘들게 했던 걸음걸이를 대번에 가르쳐줬다. 잔에 담긴 물을 흘려서라지만 그건 훌륭한 가르침이었다."

"몇 달 동안 힘들게 했던 걸음걸이라면!"

여인을 힘들게 했던 움직임이라면 매화십이보를 일컬음이다.

매화십이보. 강호십대보법 가운데 서열 삼 위에 해당하는 극상승의 움직임이자 칠백 년 전통을 자랑하는 도문의 위대한 무학.

'그걸 단지 물을 엎질러서 해결해 주었다고?'

우연일까? 물론 그럴지도 모른다. 세상에는 상식이라는 잣대로 설명하기 어려운 일들이 왕왕 벌어지는 법이니까.

보통 사람들에게도 그런 사건들이 왕왕 벌어진다는데 무림이라는 불확실의 대지라면 오죽하겠는가.

'아무리 그래도……'

우연도 급수가 있다. 팔방풍우 같은 하급 무학이라면 몰라도 매화십이보를 물잔 엎질러서 길을 터주었다면 누가 믿겠는가?

뭔가를 골똘히 궁리하던 노도인이 고개를 돌려 무영을 바라보았다.

훤칠한 키, 잘 빠진 몸매, 그만큼이나 잘생긴 얼굴, 뭐 이런 건 어디까지나 곁가지에 불과하고…….

분위기가 다르다!

신분이 신분이니만큼 무림에서 행세깨나 한다는 가문, 또는 문파의 영재들과 기재들을 수도 없이 만나봤지만 저런 느낌을 주는 후기지수는 단 한 번도 만나지 못한 터라 노도인의 눈에서 기광이 흘러나왔다.

일단 단단하다. 부드러운 가운데 강철보다 굳센 기개가 느껴진다. 소림을 대표하는 후기지수, 지강(志强)이라고 해도 이 청년과 비교하자니 손색이 있다.

'그러면서도 예리해.'

보통 단단하면 무거운 맛이 곁들여지는 법인데 청년은 차돌처럼 높은 밀도를 자랑하면서도 무엇이라도 갈기갈기 찢어버릴 것만 같은 예기를 지녔다.

송곳보다 날카롭고 칼날보다 첨예하다는 무당의 신성, 태봉(太鋒)도 잘려 나갈 예기.

'보통내기가 아니야.'

산전수전에다 공중전까지 겪은 노도인이기에 단언할 수 있다, 눈앞의 청년은 결코 일반적인 인간형이 아니라고.

통상의 인물들과는 차원이 다른 무엇을 보았거나 체험했을 테고, 또한 그 정도로 대단한 무엇을 갈구하는 존재일 거라고.

"그래, 물을 엎어서 밥을 얻어먹었다 치세. 그 뒤로는 왜 따라다는 건가?"

정황상 무영이 여인의 뒤를 밟은 건 확실한지라 노도인이 질문을 던졌다.

"불상사는 막으려고 했지요."

"불상사? 그렇다면 놈들이 객잔에서부터 따라왔다는 말인가?"

무영이 고개를 끄덕이자 노도인이 양팔을 벌렸다.

"구해주려고? 정말 그런 협기 하나로 생면부지의 남을 뒤쫓았다는 건가?"

"인간으로서의 도리 같아서."

"훌륭한 청년이로군. 보통은 그런 일에 참견을 하지 않는 법이거늘. 얼마 전에 요 근처 시전에서 아녀자가 겁탈을 당했는데 무려 열 명의 행인이 목소리를 들었지만 범인이 무서워서 아무도 나서지 않았……."

노도인이 추켜세우는데 무영이 그의 말을 잘랐다.

"대상을 잘못 판단하신 모양입니다만?"

"그게 무슨 말인가?"

뚱하게 묻는 노도인에게서 고개를 돌려 꽁지가 빠지게 달아나는 하남이흉을 좇으며 무영이 고개를 저었다.

"비록 과거가 어떤 인물들인지는 몰라도 단 한 차례 품은 음심 때문에 목숨까지 잃는 것은 너무 가혹하다고 생각했습니다. 저들도 오늘의 일로 많은 교훈을 얻었겠지요."

무영의 차분한 설명에 늙은 도인이 저도 모르게 주먹을 쥐었다.

그렇다. 여인은 강하다. 저런 피라미들은 몇 백 명이 몰려와도 두들겨 패다가 날을 지새울 정도로 고절한 무위를 지녔다.

하지만 반박귀진의 경지까지는 아니더라도 자신의 힘을 숨기는 데 탁월한 재능을 지닌 여인이라서 난다 긴다는 고수들이라도 대번에 그녀의 무학을 알아보기란 불가능한데.

'불과 한 식경도 같이 지내지 않았으면서 알아차렸다는 말이야?'

만약 그렇다면, 그 정도의 안목을 지녔다면 객잔에서의 일, 즉, 매화십이보의 요체를 특이한 방법으로 여인에게 알려준 사실도 이해가 된다.

그런데 그게 말이 될까?

무영에게 급격한 호기심을 느낀 노도인이 그를 힐끔거리는데 빙글 돌아선 여인이 목검을 다시 들었다.

"늦었다."

"사정이 있었……."

"변명은 나쁜 거라고 사형이 말했다."

"물론 변명은 나쁜 것이지만 타당한 사정이 있으면 받아들이는 편이……."

"계속 변명이다. 벌 받아라."

여인이 팔을 번쩍 들자 노도인이 털썩 무릎을 꿇었다.

"용서하십시오, 사고(師姑)."

'사고!'

사고라 함은 사부의 여자 동기, 즉 항렬상 사부와 같다는 말이다. 그렇다면 이십대 중반의 여인이 육십대 중반 노도사의 사부 격이라는 말인가?

무영이 멍청하게 두 사람을 바라보는데 목검을 치켜든 여인이 문득 입을 열었다.

"용서해 줘?"

여인의 장난스런 질문에 노도인이 눈을 꿈뻑였다.

도통 어디로 튈지 모르는 인간이다 보니 종을 잡기 어렵다.

"그럼 밥을 사."

"아까 식사 안 하셨……."

"안 사?"

"사야지요."

노도인은 돈이 많았다.

청정한 도사가 어째서 돈이 많은지는 모르지만 노도사의 전낭은 꽤나 무거웠는지 객잔의 별채를 통째로 빌리는 것으로도 모자라 상다리가 휘어질 정도의 음식까지 주문했다.

'이걸 다 누가 먹는다고.'

무영은… 끌려왔다.

명분은 고맙다는 건데 이미 한번 밥을 샀으니 됐다고 거절을 해도 만두 쪼가리로는 보답이 될 수 없다면서 여인이 잡아끌어서 어쩔 수 없이 자리를 함께한 것이다.

그의 초대가 솔직히 싫지는 않았지만.

노도인은 무영에게 중한 약속이 있지 않느냐면서 저항을 했으나 무용지물, 그녀의 고집을 꺾지 못했다.

밥만 먹고 가라며 노도인이 못마땅한 표정을 지었지만 무영은 그러마, 하며 선선히 따라왔다.

평소 그의 성격에 비추어 보면 매우 이례적인 일.

대체 무영의 의도는 무엇일까?

"우와, 음식이 많다!"

인간인가, 식충이인가?

커다란 상에 가득 차려진 음식을 보며 여인이 환호성을 질렀지만, 밥 먹은 지 고작해야 한 시진도 지나지 않아서 식욕이 별로 없었기에 무영은 고개를 저었다.

저걸 누가 다 먹는다고.

부담스러울 정도로 많은 양의 음식을 시킨 노도인을 보며 무영이 인상을 살짝 구겼다.

"아, 도사라고 모두 가난하지는 않다네. 내가 우리 도장의 큰 어른이다 보니 형편이 좋은 속가제자들이 용돈을 두둑하게 준다고."

사람 표정 잘못 읽고 오해하기.

노도인의 특징인 모양인데 이번에도 무영의 얼굴 근육 변화를 잘못 이해하고 열심히 변명을 해댔다.

"그리고 어차피 사람들이 몇 더 오기로 해서 이렇게 별채를 빌린 거야. 음식도 그렇고."

'몇 사람이 더 온다…….'

노도인의 말을 듣고 음식에 눈을 가져간 무영이 고개를 끄덕였다.

산해진미라고는 하지만 하나 같이 채소 위주의 음식들. 육류와 어류로 조리된 음식들은 한쪽에 서너 개 놓여 있었는데 특정인을 위해서 준비된 눈치였다.

그렇다면 모이는 이들의 대부분은 채식주의자들이거나…….

'승, 도에 속한 인물들.'

무영이 나름대로 상황을 정리하는데 노도인이 혀를 끌끌

챘다.

"이 친구는 또 늦는구먼. 시간이 지체되면 그놈들 하고 합석하게 되는 불상사가 생기는데."

노도인이 말하는 친구는 누구이고 그놈들은 또 누굴까?

성격대로라면 여인이 아무리 강짜를 놓는다고 해서 낯선 자리에 끌려올 무영이 아니다. 고집이라면 무영도 강호에서 수위를 다툴 정도는 되니까.

그가 여인의 초대에 응한 이유는 오로지 하나, 노도인과 여인의 신분 때문이었다.

임학이 일러준 용모파기가 정확하다면 노도인의 신분은…….

무영이 눈썹을 모으는데 여인이 쾌재를 불렀다.

"어서 먹자!"

찹찹찹찹!

말을 뱉기 무섭게 음식을 쏟아붓는 여인의 식탐에 질려 버린 무영이 젓가락을 내려놓았다.

"상식적으로 이해하기 어렵지? 받아들이기도 힘들 테고?"

당연하다. 저렇게 몰상식하고 몰염치한, 그러면서도 식탐 하나로 무림을 재패할 만한 여인이 어디 있을까?

예절과는 담을 쌓고 사는 남만 오지의 원주민들도 저렇지는 않을 터.

"너무 이상한 시선으로 보지 않았으면 하네."

노도인의 음성은 침울함을 넘어 애잔했다.

"그래, 나이로만 따진다면 손녀딸보다 어린 사고가 저런 행동을 하는 이유는 말 그대로 배우지 못해서라네. 예절이니, 예의니, 기본적으로 인간이 가져야 할 품성은 하나도 배우지 못했어."

"주위에 사람들은 무엇을 했답니까? 아무리 그래도 사람답게는 교육을 시켰어야……."

솔직히 당신 사부는 뭘 했느냐고 따지고 싶었지만 무영이 순화해서 질문을 던지자 노도인이 창가로 시선을 옮겼다.

"그 또한 이유가 있다네. 그건……."

노도인이 무언가 이야기를 꺼내려는데 별채 문을 왈칵 열어젖히고 누군가가 모습을 드러냈다.

"말코야, 내가 왔……."

등장만큼이나 기운찬 음성으로 자신의 존재감을 과시하던 노인이 말을 잇지 못하자 반사적으로 시선을 돌린 무영이 벌떡 일어섰다.

"동, 동엽풍 어르신……?"

"무영? 네가 정녕 무영이 맞느냐?"

감개무량한 얼굴로 동엽풍을 바라보던 무영이 큰절을 올렸다.

"무영이 일생의 은인과 같은 동엽풍 어르신을 뵈옵니다."

그의 절을 받으며 동엽풍의 얼굴에도 격동의 빛이 어렸다.

"무사했구나. 무사했었어."

둘의 감격스런 재회에 얼이 빠져 버린 노도인이 무영과 동엽풍을 번갈아보다 무언가를 떠올리고는 깜짝 놀랐다.

"무영? 그렇다면 자네가 입이 닳도록 칭찬을 하던 벽씨세가의 그 무영?"

"왜 아니겠어? 벽씨세가가 멸문당하고 화를 입었다고 생각했는데 다행히도 몸 건강히 살아 있군."

"그래, 이 청년이 보법의 천재라던 무영……."

턱을 쓰다듬던 노도인이 손뼉을 쳤다.

"그래! 그래서 사고께 매화십이보를 풀어줄 수 있었던 게야!"

"음?"

동엽풍이 눈을 끔뻑였지만 노도인은 계속해서 그래서 가능했던 거야, 라는 말을 반복할 뿐이었다.

"뭐야, 혼자서 중얼대기나 하고."

투덜거리던 동엽풍이 곧 노도인을 무시하고 무영의 손을 잡았다.

"천라지망에 가까운 공격에 용케도 몸을 빼냈구나. 물샐틈없이 벽씨세가를 압박했다고 들었는데."

"그게 아니라……."

만약 세가를 벗어나려고 들었다면 무영은 목숨을 부지하지 못했을 것이다.

등잔 밑이 어둡다는 옛말처럼 세가의 뒷산에 자리하던 동굴로 피신했기에 안전했던 거다.

일련의 도피 과정을 설명하려던 무영이 노도인을 의식하자 동엽풍이 그의 어깨를 두드렸다.

"괜찮아. 괜찮아. 비록 이 말코가 멋대로 오해하고 결론내리기를 주로 하지만 내가 강호를 주유하며 만난 인간들 중에서 그나마 마음을 줄 만한 인간 가운데 하나야. 그래서 나보다 다소 떨어지지만 품성 하나를 보고 친구 삼아줬지."

동엽풍의 말에 노도인이 파안대소를 터뜨렸다.

"내가 자네를 친구 삼아줬지. 어디 자네가 나를 친구 삼았나?"

"어허, 이 말코가? 화장실 갈 때 다르고 나올 때 다르다더니 딱 그 짝일세?"

자신에 대한 이야기를 털어놓을 정도라면 둘의 우정은 생각보다 두터운 편 같았다.

뭐, 자신이 죽었다고 판단해서 그랬을지도 모르지만.

"일단 앉자고. 앉아서 얘기함세나."

노도인의 권유에 동엽풍이 육류와 어류로 점철된 쪽에 떡

하니 자리를 잡았다.

"역시 말코다. 내가 좋아하는 것들로 쫙 깔아뒀어."

음식이 마음에 들었는지 만족스러운 표정을 지은 동엽풍이 무영에게 잔을 내밀었다.

"받아."

"술을 마시기에는 이른 시간이라고 생각됩니다."

"이건 술이 아니야. 재회주도 아니고. 그저 벽씨세가를 추모하는 의식 정도로 치자."

동엽풍이 엄숙하게 선언하자 무영도 더는 거절하지 않고 잔을 받았다.

"억울하게 고혼이 되어버린 수많은 벽씨세가의 넋들이여, 편히 잠드소서."

진정성은 강요하지 않아도 전달된다. 동엽풍이 애절한 송혼가에 무영과 노도인이 눈을 감았지만 여인은 아무 상관도 없다는 듯 계속 먹어댔다.

"들자."

동엽풍이 잔을 비우자 무영도 술을 들이켰다. 늙은 하오문주의 말처럼 벽씨세가의 넋들을 추모하면서.

무영이 술을 따르자 몇 잔 더 비운 동엽풍이 고개를 돌렸다.

"그런데 어쩐 일로 말코랑 같이 있는 거냐? 설마 도를 닦으려는 건 아니겠지?"

동엽풍의 물음에 노도인이 오늘의 일을 간략하게 설명했다.

"크하하하! 당연하지, 당연해! 우리 무영이라면 매화십이보의 요결을 순식간에 뽑아낼 수 있거든. 뭐, 진작에 파훼법까지 만들었을지도 모르고."

사문의 무학을 무시하는 발언이었기에 기분이 나쁠 법도 했지만 노도인은 동엽풍의 말에 수긍의 빛을 띠었다.

"오늘 처음 만난 사이라……."

노도인을 힐끗거리던 동엽풍이 무영에게로 슬그머니 접근해서 귓속말을 던졌다.

"되도록이면 말코를 멀리하라고. 안 그러면 도 닦으라고 성화를 부릴 게 뻔하거든."

"예끼, 이 사람아!"

한바탕 파안대소를 터뜨린 동엽풍이 젓가락을 들었다.

"그래, 세가에서 무사히 탈출했으면 나를 찾을 일이지, 어디서 무엇을 하면서 다닌 것이냐?"

잠시 고심하던 무영이 작심을 하고 입을 열었다.

"저는 세가를 떠난 적이 없습니다."

"뭐라고? 그럼 잡혀 있었던……."

"아닙니다. 세가의 뒤편에 위치한 동굴에서 칠 년간 기거

했습니다."

"그랬구나. 그래서 찾을 수 없었던 게야."

망연히 하늘을 보던 동엽풍이 한숨처럼 말을 토했다.

"벽승악이 이 세상의 사람이 아닌 이상 그와의 약속은 의미가 없어졌다. 삶의 목적이 사라져서 상심이 크겠어."

백 개의 보법을 파훼하면 자유를 얻는다. 무영의 어린 시절을 지배했던 목적이자 목표.

"그 목표는 허구였습니다. 누군가의 조작에 의한 세뇌였지요."

"뭐라고?!"

"처음부터 저의 목표는 다른 것으로 정해져 있었습니다."

"정해져 있었다, 라는 말은 네 삶 자체가 누군가의 의도대로 움직였다는 얘기냐?"

"그렇습니다."

여기서부터는 민감한 사안이라서 동엽풍도 선뜻 입을 열 수 없었다.

누군가의 의도에 이끌린 인생이라면 그보다 비참한 경우는 없을 터. 하지만 무영의 침착한 태도는 무엇을 의미할까.

'의도된 삶을 수긍한다는 건가? 그렇다면 무영의 삶에 관여한 자는 역시 벽승악이라는 말인데 그에 대한 적개심을 찾아보기 어려워. 대체 둘 사이에 어떤 일이 벌어졌던 거야?'

동엽풍이 나름대로 머리를 굴리는데 무영을 새삼스러운 눈으로 살피던 노도인이 끼어들었다.

"자네에 관해서는 저 친구를 통해서 익히 들었다네. 힘겨운 유년기, 벽씨세가주와의 기괴한 약속, 보법에 관한 한 천부적인 재능, 굴강한 의지, 저 친구는 자네를 입에 올릴 때 너무나 기뻐해서 보는 내가 다 흐뭇했지."

"어쩌다 보니 저를 예쁘게 봐주셔서 동 어르신의 말씀에 과장이 다소 섞였을 겁니다."

"아니."

무영의 말을 자른 노도인이 손을 내저었다.

"들은 바와 달라. 들은 바와는 천양지차일세."

노도인의 말에 동엽풍이 발끈했다.

"뭐야? 그럼 내가 무영이를 과하게 포장했다는……!"

씩씩거리는 동엽풍을 보며 노도인이 피식 웃었다.

"이 친구야, 자네의 설명은 무영이라는 청년의 진면목을 절반도 담지 못했다네."

노도인이 무영을 대놓고 추켜세우자 그와 한판 언쟁을 펼쳐 보려던 동엽풍이 조용히 꼬리를 말았다.

"보는 눈은 있어 가지고는."

동엽풍의 핀잔 아닌 핀잔을 무시하고 노도인이 정색을 하며 무영에게 말을 건넸다.

"혹시 자네도 제일차 무림상합대제전에 참가하러 왔는가?"

"그렇습니다."

"초대장이 아무에게나 발송되지는 않았다고 들었는데?"

"낭백 야무흔 어르신의 분부를 받자와 야랑곡을 대표하게 되었습니다."

무영의 말에 동엽풍과 노도인이 깜짝 놀랐다.

"야랑곡?!"

"거긴 낭인들의 모임으로 아는데?"

서로를 마주보던 동엽풍과 노도인이 거의 동시에 같은 질문을 던졌다.

"강호에 출두한 지 고작 삼 개월이라면서 야랑곡, 아니, 야무흔의 신임을 얻었다는 말이렷다?"

"어쩌다 보니 낭백 어르신께서 저를 예쁘게 봐주셨나 봅니다. 방 곡주님도 그렇고."

무영의 변명에 노도인이 실소했다.

"누구든 자네를 '어쩌다 보니' 예쁘게 봐준다는 건가? 그것 참 대단한 재주로군."

"의식하지 못하겠지만 무영이 자네에게는 사람을 끌어당기는 힘이 있단다. 누구나 부러워할 만한 재능이지."

동엽풍이 무영을 칭찬하자 어쩐지 부러운 기색을 보이던

노도인이 주저하다가 입을 열었다.

"실례라는 건 알겠는데 그러니까, 음… 나를, 아니, 우리를 한 번 도와주겠나?"

"엥? 이 말코 보게? 초면에 뭔 놈의 부탁 타령이야?"

"그게……."

노도인의 시선이 여인에게로 옮겨지자 동엽풍도 눈을 돌려 그녀를 바라보았다.

참참참참!

"사고께서는 여전하시군."

"후우……."

땅이 꺼져라 노도인이 탄식을 터뜨리자 동엽풍이 자세를 바로 했다.

"사고와 관련된 문제야?"

"그렇다네."

"어디 한 번 들어……."

말을 꺼내던 동엽풍이 귀를 쫑긋거리더니 술병과 술잔을 들고 유령처럼 사라지자 별채의 문이 열리며 일군의 무리가 모습을 드러냈다.

한번 머리를 밀었는지 듬성듬성 머리칼이 자라는 삼십대 초반의 사내가 노도인을 발견하고 반색했다.

무복보다는 승복이 어울리는 남자였지만 워낙 우람한 체

구를 자랑하는지라 딱 벌어진 어깨와 불끈불끈 솟아오른 근육을 보노라니 그 유명한 수호지의 노지심을 연상시켰다.

"지강이 무한산인을 뵈옵니다. 그간 별고 없으셨는지요?"

순간 무영이 회심의 미소를 지었다.

'역시.'

볼품없는 노도인의 정체는 그가 예상했던 '그' 문파의 '그' 사람이었다.

묘하게 얽히는 관계. 어느 정도는 의도적으로 기획한 바도 있었지만 이런 거물까지 등장할 줄은 미처 몰랐다.

인연은 우연처럼 다가온다더니 꼭 그렇지만도 않은 건가?

무한산인을 보며 무영이 고개를 끄덕이는데 또 다른 남자가 방에 들어섰다.

"태봉이 무한산인을 뵈옵니다."

호리호리한 체격의 사내. 서슬 퍼런 눈빛처럼 날카로운 분위기로 좌중을 압도하는 남자.

허리춤에 매달린 장검과 잘 어울리는 예리함을 전신에서 발산했기에 태봉이라는 사내는 존재 자체만으로도 모든 이들에게 압박감을 안겨주었다.

"노심화가 산인을 뵈어요."

청의경장을 맵시 있게 차려입은 이십대 중반의 여인이 밝게 웃으며 포권하자 칙칙하던 별채에 봄바람이 살랑살랑 불어오는 것만 같아서 무영이 흐뭇한 미소를 지었다.

발랄하면서도 산뜻한, 그래서 청춘의 아름다움을 마음껏 발산하는 여인을 보자니 절로 여동생이 떠오른다.

'산산도 곧 저런 모습을 되찾겠지?'

무영이 벽산산을 생각하며 홀로 웃는데 이번에는 노심화와는 판이한 분위기의 여인이 모습을 드러냈다.

"호령, 무한산인을 뵙습니다."

사내인가? 단발이라고 하기에는 너무 짧은 머리와 패옥 등의 장신구는 하나도 걸치지 않아서 예쁘장한 사내처럼 보이는 여인이 일부러 목소리를 낮추면서 포권을 올렸다.

'목젖 하고 가슴만 아니라면 남자라고 해도 믿을 판이로군.'

손짓 하나에서부터 목소리까지. 호령이라는 여인은 병사처럼 절도 있는 행동으로 일관했다. 저런 식으로 자신의 정체성을 뒤바꾸는 것에는 뭔가 이유가 있을 터.

무영이 호령이라는 여인을 예의주시하는데 봉두난발의 사내가 들어섰다.

"거집니다. 안녕하시죠?"

젊은 거지는 차림새나 행동거지 모두에서 예의범절을 철저히 무시했지만 다른 이들은 그러려니 하는 표정으로 그를 맞이했다.

심지어는 무한산인조차도.

그렇게 삼남이녀가 무한산인에게 인사를 건네고 각자 자기소개를 하다가 무영을 발견하고는 고개를 갸우뚱거렸다.

"저분은 누구신지?"

"아! 이 친구?"

과장된 웃음을 지으며 무한산인이 무영의 어깨를 두드렸다.

"이 친구가 바로 우리 파의 의례를 담당하는 형적전(形迹殿)의 전주일세. 강호의 동도들과 소통을 원활하게 하기 위해서 형적전주는 외인을 초빙하는 것이 관례지. 이름이……."

"무영입니다."

"그래, 무영! 무영 전주와 인사들 나누게."

졸지에 형적전의 전주가 되어버렸는데도 눈썹 하나 까딱하지 않고 일어선 무영이 삼남이녀를 향해 포권했다.

"무영이 여러분을 뵈오."

그의 거침없는 인사에 뜨악한 표정으로 사로를 보던 삼남이녀가 쑤군거리기 시작했다.

"지강 형, 형적전이라는 조직도 있었소?"

"낸들 아오? 산인께서 그리 말씀하시니 그런가 보다 해야겠지."

노지심과 칼날이 말을 주고받고,

"호령 사저, 무영이라는 분 참으로 잘나지 않았어요?"

"관심 없어. 얼굴 벗겨먹고 살 것도 아닌데 너는 왜 그리 용모를 따지는 거니?"

두 여인은 남정네들과는 전혀 다른 이야기를 늘어놓았다.

이들의 갑론을박을 지켜보던 거지 사내가 슬그머니 자신에게 다가서자 무영이 애써 담담함을 유지하며 그를 응시했다.

"우리 개방이 빌어먹는 것만큼 잘하는 게 정보 취합이라오."

시선은 무영에게 고정되어 있었지만 거지가 말하는 대상은 어디까지나 무한산인이었다.

"그런데 형적전이라는 조직이 존재한다는 이야기는 오늘 처음 들어보는데… 전주께서는 어찌 생각하시오?"

거지의 빈정거림은 꽤나 신랄한 것이었지만 무한산인의 나이테를 거스르기에는 역부족이었다.

"신설일세."

"예?"

"신설된 부서라고. 당연히 모를 수밖에."

벌떡 일어서 뻔뻔하게 얼굴을 들이미는 무한산인의 노회한 말빨에 거지가 당황하여 말을 버벅거렸다.

"그게 말이 되는 소리……."

"우리 파는 부서 신설하면 안 되나? 아니면 신설 부서 만들면서 강호 제현들에게 일일이 보고라도 해야 하나?"

"무, 물론 지당하신 말씀이지만……."

외통수에 걸린 거지가 무너져 내리자 무한산인이 쐐기를 박았다.

"인사 안 할 건가?"

무한산인의 압박에 무영을 힐끔거리던 거지가 입을 툭 내밀고 포권했다.

"개방의 황걸이라고 하오. 듣도 보도 못한 직책 수행하시느라 고생이 많겠구려."

거지는 역시 개방 소속이었다.

황걸이 대충 포권하고 자리에 앉자 살피듯 무영을 바라보던 지강이 거대한 몸을 일으켰다.

"소림의 지강이라 하오이다."

그가 앉자 태봉이 허리를 꼿꼿이 폈다.

"태봉이요."

그 말만 던지고 태봉이 자리에 앉으려 들자 무한산인이 못마땅하다는 얼굴로 끼어들었다.

"소속 정도는 대야지."

무한산인이 개입하자 콧등에 주름을 잡은 태봉이 툭 던지듯 한마디를 추가했다.

"소속은 무당."

태봉의 가시 돋친 자기소개가 끝나자 호령이 씩씩하게 자기를 소개했다.

"공동의 호령이 무영 공자를 뵙니다! 앞으로 잘 부탁드립니다!"

"잘 부탁드리오."

너무나 절도 있는 그녀의 인사에 무영도 일어서서 화답하자 호령이 씨익 웃고는 착석했다.

'사내로 태어났으면 장군감이로군.'

조용히 웃음 짓는 무영을 가만히 들여다보던 노심화가 날아갈 듯 포권을 올렸다.

"형산의 노심화예요. 비록 외인이라 해도 우리는 동문과 같으니 사형이라 칭해도 될까요?"

"초면에 호칭을 정리하는 건 이른 감이 있소이다."

무영이 부드럽게 거절하자 노심화가 조금은 섭섭한 표정을 짓다 이내 밝은 목소리로 답했다.

"생각해 보니 제가 너무 성급했네요. 공자님의 첫인상이 하도 좋으시다 보니 그만."

첫인상이 좋다면 역시 독기가 빠진 걸까?

혀를 빼무는 노심화의 모습에서 다시 한 번 여동생의 초상을 발견하고 무영이 넉넉한 미소로 그녀의 마음을 다독였다.

"이해해 주어서 고맙소이다."

그렇게 소개가 끝나고 모두 자리에 앉았지만 어색함만은 어쩔 도리가 없었는지 누구도 입을 열지 않았다.

"무엇들 하는 게야? 어서 식사하라고."

무한산인의 채근에 삼남이녀가 마지못해서 젓가락을 들었지만 선뜻 음식을 들어 올리지는 못했다.

第四章

재회

이때 게걸스런 소리가 장내를 강타했다. 아니, 처음부터 이 자리를 지켰지만 무영 때문에 존재감이 희미했던 소음이 장내의 정적을 틈타서 부활했다고 봐야 옳을 것이다.

후루룩! 쩝쩝! 찹찹!

이토록 식탐에 충실한 소리가 또 어디 있을까? 이토록 식욕에 정직한 소음을 어디에서 찾겠는가?

고개를 거의 처박다시피 하고 음식을 탐하던 여인이 엄청나게 쏟아지는 시선을 의식하고 고개를 들었다.

"왜……?"

태연한 그녀의 물음에 뜨악한 표정을 짓던 지강이 탄식을 터뜨렸다.

"은려 사매, 왔으면 인사부터 할 것이지, 먹는 데 바빠서 사형들, 그리고 사매와 사자가 온 것도 몰랐다는 거냐?"

이건 또 무슨 소리인가?

무한산인. 육문 가운데 검으로는 무당과 쌍벽을 이룬다는 화산파 장문의 사형이 되는 인물.

실력으로나 서열 면으로도 그가 장문에 올라야 했지만 방랑벽이 심한 무한산인이 사제인 무한진인에게 거의 떠맡기듯 장문직을 넘긴 사실은 공공연한 비밀이었다.

육문의 후기지수로 보이는 삼남이녀가 무한산인에게 공손한 것은 지극히 당연한 일.

그리고 여인은 어떤 연유인지는 몰라도 무한산인의 사고라고 한다. 사고라면 사부와 같은 항렬이라는 뜻이니 그녀의 배분은 육문의 장문보다 위가 된다.

그런데 지강은 여인을 사매라고 칭했다. 배분을 중시하는 육문에서 절대로 발생해서는 안 되는 상황이 벌어진 것이다.

'뭐지?'

지강의 말에 깜짝 놀란 무영이 반사적으로 무한산인을 바라보자 늙은 도인이 눈을 찡긋 감았다.

'넘어가라는 건가.'

무한산인의 눈짓에 담긴 의도를 파악한 무영이 애써 그를 외면하는데 은려가 지강을 보지도 않고 답했다.

"먹느라 바빴다. 미안하다."

"끙."

그녀를 나무라려던 지강이 무한산인의 얼굴을 봐서 화를 참자 태봉이 한숨을 터뜨렸다.

"아무리 세상 물정을 모른다지만 기본 예의 정도는 갖춰야 하지 않겠느냐."

"알았다. 앞으로 인사한다."

대답은 냉큼냉큼 잘했지만 그녀의 관심사는 오로지 음식이었기에 얼굴이 찌푸리던 삼남이녀가 곧 자기들끼리 현안에 대해서 토론하기 시작했다.

주제는 이번 제일차 무림상합대제전에 관한 것이었는데 다섯 청춘들은 하나같이 천가를 위시한 육가의 힘을 견제해야 한다는 내용이 골자였다.

"만약 그들이 실력 행사로 나온다면 우리 소림도 좌시하지 않기로 의견을 모았네. 백팔나한진, 십팔나한진, 백팔동인, 우리 소림의 주력이라 할 수 있는 분들도 모두 섬서를 밟았어."

지강이 힘주어 말하자 태봉의 눈에서 바위라도 잘라 버릴 예기가 흘렀다.

"만약 육가가 세를 과시하려고 망동을 벌인다면 무당의 검이 얼마나 매서운지 알게 될 것이다."

"공동도 가만있지 않을 겁니다!"

호령이 탁자를 내려치며 열변을 토하자 노심화도 지지 않겠다는 듯 주먹을 들었다.

"저와 형산의 모든 이들이 똘똘 뭉쳐 육문의 발호를 막아낼 거예요!"

그들의 열띤 토론을 보던 황걸이 귀를 파며 중얼거렸다.

"우리 거지는 할 게 없으니 뭐, 육문의 밥을 축내서 전투력을 떨어뜨려야겠군."

"황걸 사형! 지금 장난하시는 겁니까?"

태봉의 날카롭게 추궁하자 황걸이 팔을 들어 무언가를 막는 시늉을 했다.

"어이구, 농담 한마디 던졌다가 무당의 미래라는 태봉 사제의 검에 목이 뎅겅 잘릴 판이네!"

삼남이녀는 육문 최고의 후기지수들로서 무림에서는 이들을 오계명성(五啓明星)이라고 높여 부른다.

오계명성 가운데 개방의 황걸이 서른다섯으로 나이가 가장 많았고, 소림의 지강과 무당의 태봉이 서른둘로 동갑, 공동 출신인 호령이 스물여덟이다.

그리고 막내인 형산의 노심화가 스물여섯이었다.

황걸의 너스레에 맥이 빠져 버린 태봉이 탄식하는데 지강이 그를 위로했다.

"태봉 형, 이제는 황걸 사형의 농담에 익숙해질 때도 되지 않았는가? 좋게, 좋게 넘어가시게."

"넘어가려고 해도 가끔 울컥하는 건 어쩔 도리가 없다네."

"말로는 저렇지만 누구보다 육가의 전횡에 분개하는 분이 바로 황걸 사형일세."

"그건 알지만……."

태봉이 분을 삭이자 황걸이 또다시 쫑알거렸다.

"전쟁에서 가장 중요한 일이 보급이라는 사실을 모르나 보군. 식량이 없으면 범도 때려잡을 병사들이라도 힘을 쓰지 못하는 법이야. 그런 견지에서 우리 개방이 나서서 놈들의 보급을……."

"사… 형……."

태봉의 목소리에서 명부의 속삭임을 엿보고 황걸이 급하게 손을 내저었다.

"알았어, 알았다고. 내 이제부터 입을 꼭 봉할게."

"그렇다고 입을 봉하시면 어떡합니까? 의견을 개진하셔야지요!"

탁자를 치며 호령이 호통을 치자 동네북 신세가 된 황걸이 울상을 지었다.

"누구는 말을 하지 말라고 하고, 또 누구는 말을 하라고 하고. 대체 어느 장단을 맞추라는 거야?"

"묻는 말에 대답만 하면 된다."

먹는 것에만 골몰하던 여인, 은려가 툭 내뱉자 황걸이 박수를 쳤다.

"정답이네! 그러면 되겠어! 고마워, 은려 사매, 정말 고마워!"

쾌재를 부르는 황걸과 달리 다른 이들은 은려의 말에 신경을 쓰지 않는 분위기였다.

마치 이 자리에 없는 사람처럼.

'이건 좀 너무하는군.'

네 사람의 철저한 외면에 무영이 눈썹을 세웠지만 곧 인상을 폈다.

집안싸움. 마치 한 가족과도 같은 육문에서 벌어지는 일이니 자신은 끼어들 위치도 아니려니와 개입할 여지도 없는 사안이다.

슬금슬금 눈치를 보던 황걸이 결국 술판을 벌이고, 네 사람이 갑론을박에 몰입하자 은려와 무한산인, 그리고 무영은 꿀 먹은 벙어리처럼 입을 닫고 자리를 지켜야만 했다.

'무한산인마저?'

은려는 그렇다 쳐도 무한산인이라면 각파 장문과 동급의

신분이다. 그런 무한산인까지 대화에 끼어들지 못하는 이유가 무얼까?

이해하기 어려운 상황이라서 무영이 수많은 가정을 떠올렸지만 육문 내부의 사정에 관해 아는 바가 적은 그였는지라 결론 내리기를 포기했다.

가정은 가정일 뿐이니까.

무려 일곱 개의 접시를 비우고서 양이 찼는지 벽에 등을 기댄 은려가 코를 골자 자기들만의 세계를 구축하던 네 사람이 뉘엿뉘엿 저무는 해를 보고는 자리에서 일어섰다.

"저희가 산인의 시간을 너무 오래 빼앗은 모양이네요."

"이만 실례하겠습니다."

분분히 인사를 하고 네 사람이 사라지자 술병을 비우던 황걸이 머리를 긁으며 일어섰다.

"그러게 이런 자리 만들지 마시라니까… 에휴, 너무 심려치 마십시오. 저들도 악의를 가지고 이러는 건 아닙니다. 편견이란 무서운 놈이거든요. 아직 어리고 철없는 녀석들의 추한 행동이니까 산인께서 넓은 마음으로 이해해 주세요."

황걸이 알 수 없는 위로를 남기고 자리를 비우자 꼿꼿이 허리를 펴고 자리를 지키던 무한산인이 무너지듯 탁자에 손을 얹었다.

"무량수불. 무량수불. 아직 빈도가 수행이 부족한 탓이로다. 이 정도의 일로 울화가 치밀어 오르다니."

지그시 눈을 감고 도호를 외던 무한산인이 무영을 보며 서글프게 웃었다.

"추태를 보여서 미안하구먼."

무한산인의 입장에서 충분히 화가 날 만한 상황이라고 생각했기에 무영이 고개를 저었다.

"추태를 보인 건 황걸 대협의 말대로 저들입니다."

"빌미를 제공했는데 누가 누굴 탓하겠는가?"

이때 술과 함께 바람처럼 나타난 동엽풍이 식어빠진 오리 다리를 잡아 뜯었다.

"글쎄? 빌미라고 하기에는 다소 애매한 구석이 있다고 보는데?"

"위로하지 말게. 저들의 눈에, 저들의 입장에서 그렇게 보였다면 빌미가 맞는 걸세. 무림 동도들의 차가운 시선을 보게나. 변명의 여지가 없지."

두 사람의 말을 듣고 있던 무영이 조심스레 질문을 던졌다.

"산인께서 말씀하시는 빌미가 구체적으로 무엇을 의미하는 건지 여쭈어도 되겠습니까?"

화산이 다른 문파에 실수를 하거나 실례를 범했다는 이야기를 들은 적이 없는 무영으로서 무한산인의 빌미 타령은 의외였다.

무당과 어깨를 나란히 하는 검의 명가이자 도문(道門) 최고의 성세를 자랑하던 화산에 무슨 일이 있었던 걸까?

"공공연히 떠드는 일이니 숨길 것도 없지."

한숨을 길게 내쉬며 무한산인이 입을 열었다.

"백 년 전에 벌어진 전륜방의 참사에 관해서 자네도 들어봤을 것이네. 당시 전륜방의 힘은 무시무시한 것이라서 무림의 태두라던 구파일방도 그들의 발 앞에 속절없이 무너졌어."

수도 없이 들었던 전륜혈겁인데 무한산인의 입을 통해서 나오니 가슴 한구석이 먹먹해져서 무영이 명치께를 눌렀다.

"마른 나뭇잎에 붙은 불처럼 전륜장의 마수는 놀라운 속도로 무림을 휩쓸었지. 운남의 점창, 사천의 천성과 아미가 한 달도 버티지 못하고 멸문을 당했다네. 그리고 그들의 손길은 자연 우리 섬서땅으로 향했지."

먼 옛날의 일화. 자신과는 상관이 없는 이야기일진대 무한산인은 너무도 고통스럽게 과거를 회상했다.

"섬서, 그래서 섬서에 당도한 전륜방이 군소문파 두엇을 치고 곧바로 종남파를 공격했다네. 종남파, 같은 지역에서 활동을 했기에 우리 화산과 인연이 많았던 문파지."

무엇이 그리 미안할까? 무엇이 그리 죄스러울까?

눈물만 흘리지 않을 뿐, 무한산인의 얼굴은 고뇌와 죄책감으로 얼룩져서 그만 울상이 되어버렸다.

"종남파는 잘 버텨주었네. 무려 나흘 동안 전륜방의 공격을 막아냈지. 그렇게 그들이 힘겹게 싸우는 동안 우리 화산은……."

힘겹게 말을 잇던 무한산인이 입술을 부르르 떨었다.

"우리 화산은 한심하게도 종남을 도와주자는 편과 전륜방의 침략을 대비해야 한다는 쪽으로 나뉘어서 첨예하게 대립했다네. 종남이 멸문당할 때까지 말이야."

이것이었다, 무한산인이 말하는 빌미의 정체는.

"더 한심한 일이 무엇인 줄 아는가? 전륜방은 우리 화산을 조롱하듯 그대로 지나쳐서 산동으로 갔다는 거지."

이들은 모른다. 전륜방이 화산을 치지 않았던 것이 아니라 칠 수 없었다는 사실을. 전륜방은 십철좌 이하 묵철사십사대라는 초강수로 화산을 제압하려 들었지만 문턱에서 좌절했다는 것을.

궁신탄영을 쓰는 정체불명의 사내에게.

"산동에서 악가와 제갈세가를 무너뜨린 전륜방이 잠시 지체하는 사이, 천가를 정점으로 뭉친 칠가의 공세가 시작되었다네. 그리고… 전륜방이 무릎을 꿇자 무림의 동도들은 드러내놓고 비난하지는 않았지만 우리 화산에 곱지 않은 시선을 보내기 시작했지."

자파의 안위만 신경 쓰는 이기적인 문파. 같은 지역의 형제 문파가 공격받아도 나 몰라라, 외면하는 문파. 도를 닦는다면서 세속의 때에 찌든 문파.

대놓고는 말하지 않았으나 무림에 적을 둔 이들의 마음에서 화산은 더 이상 존경의 대상이 아니었다.

"차라리 그때 싸우기라도 했다면 그래서 멸문을 당하더라도 그들과 부딪쳐 보기라도 했다면 이런 오명은 뒤집어쓰지 않았을 텐데."

오계명성, 오파일방의 다섯 후기지수가 무한산인에게 보낸 불경스러운 태도도 여기서 기인했던 것이다.

목이 멨는지 물 한 잔을 시원하게 들이켠 무한산인이 침울한 얼굴로 고개를 떨구자 동엽풍이 탄식했다.

"행한 일로 비난을 받는 것은 맞지만, 하지 않았기 때문에 욕을 먹는다는 건 어폐가 있다고."

"때로는 반드시 해야만 하는 일도 있는 법이라네."

무한산인의 말을 듣던 무영이 서안에 막 발을 디뎠을 때 명승고적을 찾아 발길을 재촉하는 이들을 지켜보면서 느꼈던 이질감의 정체를 이제야 알게 되었다.

그들은 단 한 사람도,

'화산파를 언급하지 않았다!'

듣기로 화산은 무림인들에게 일종의 성지였다고 했다. 섬서 제일의 문파이자 육백 년 역사를 자랑하는 최강의 검문이었기에 강호인들에게 화산은 동경의 대상이었던 거다.

그래서 섬서에 방문하는 무림인들은 기본적으로 화산을 들른다고 들었는데.

'맞아. 모두가 엄한 장소를 댔을 뿐, 화산을 입에 올리는 이는 전무했었지. 그 연유가 여기서 기인하는구나.'

다소 애매한 화산의 불찰. 도의적으로는 종남파를 도왔어야 하겠지만 그 당시의 전륜방 전력으로 미루어본다면 자살 행위에 가까운 싸움을 감행하는 것이 옳은 선택이었을까?

자파가 침공당한 상황도 아닌데 말이다.

'실로 어려운 문제로구나.'

무영이 팔짱을 끼자 안정을 되찾은 무한산인이 잠에서 깨자마자 음식을 탐하는 은려에게 물을 건넸다.

"그렇게 괄시 아닌 괄시를 받던 우리 화산에 또 다른 문제가 발생했다네. 이대제자보다도 나이가 어린 사고가 등장한 거지."

"생각해 보면 너희 태사조도 참으로 괴팍한 양반이야."

동엽풍이 헛웃음을 흘렸다.

"무림에서 가장 강하다는 오제 가운데 일인이자 세수가 이제 백 세를 헤아리시니 도인들의 꿈이라는 우화등선도 바라볼 양반이 난데없이 제자를 들이셨다… 우스개도 이런 우스개가 없어."

그렇다. 무한산인의 태사조는 무림오제의 일인인 검제 백성선인이었다.

강호에서 가장 강하고 가장 나이가 많은 인물 가운데 한 사람이자 살아 있는 화산의 역사라는 인물.

아무렇게나 검을 휘두르면 희대의 초식이요, 대충 걸음을 걸으면 절세의 보법이 파생된다는 천하의 검사.

천가의 가주 천가휘도 검법으로 겨룬다면 당하기 어려울 거라는 말이 공공연하게 나돌 정도로 고강한 무위를 지닌 이가 바로 백성선인이 아니겠는가?

그러나 그는 명리에 초탈하여 화산에 모습을 드러내는 일은 일 년에 고작 서너 차례라고 했다.

그런 그가 이 년 전에 머리를 덥수룩하게 기른 여인의 손을 잡고 화산에 방문해서 원로들을 불러 모아서 한마디를 던졌다.

"이 아이가 너희의 사고다."

화산파가 발칵 뒤집어졌음은 불을 보듯 뻔한 사실.

가뜩이나 주위의 시선도 좋지 않은 판국에 항렬 자체를 엎어버리는 젊은 여인의 등장에 원로들이 들고 일어났지만 검제 백성선인의 결정은 번복되지 않았다.

모두의 불만을 즈려밟은 백성성인이 산문을 나서며 불만

에 가득 찬 원로들을 보며 빙그레 웃었다.

"이 아이로 말미암아 화산의 근심이 날아갈지니."

그 말을 남기고 홀연히 사라진 백성선인은 아직까지 화산에 모습을 드러내지 않았고, 졸지에 나타난 사고의 처리 방안을 고심하던 원로들이 결국 그녀의 항렬을 속이기로 결정한다.

"사고께서는 우리의 입장을 이해해 주셨지."

문제는 다른 곳에서 발생했다.

"사고는 평범하지 않았다네. 일반인들의 사고방식으로 판단할 때 이해하기 어려운 기행을 자행하기 일쑤였지. 보통 사람들이라면 기본적으로 지키는 예의나 예절을 하나도 모르는 거야."

그리고 식탐. 음식에 대한 집착은 거의 짐승에 가까웠기에 원로들은 그녀만 보면 한숨부터 내쉬어야 했다.

"어떻게든 기본 도리를 가르쳐 보려 했지만 사고는 못 알아듣는 건지, 알아듣기 싫은 건지 우리의 말을 귓등으로 흘리고는 자기 하고픈 대로만 생활했지. 다른 건 몰라도 식탐 문제만큼은 고쳐 보자고 원로들이 나섰지만……."

무한산인이 곤혹스러운 표정을 짓자 동엽풍이 양팔을 들어 올렸다.

"어린 사고의 검은 생각보다 매서웠지. 난다 긴다는 화산의 장로들이 감당하지 못할 정도로."

비록 서른도 되지 않았다지만 검제 백성선인의 제자답게 은려의 검술은 기오막측했다.

거기다 천성 신력까지 더해지니 사십여 년 동안 검로에 매진한 화산의 늙은 장로들도 그녀를 어찌할 수 없었다.

"작정을 하고 상대한다면 또 모르겠으나 버릇 고치자고 생사를 담보로 한 싸움을 벌여서야 되겠는가? 거기다 비록 나이는 어리다지만 하늘 같은 태사조의 손을 잡고 모습을 드러낸 사고인 것을."

엎친 데 덮친 격으로 화산을 찾은 오계명성과 마주친 은려가 예의에 관한 문제로 일촉즉발의 상황까지 치달았다.

"비록 속가제자처럼 꾸몄지만 오계명성 아이들은 각파의 일대제자들이라네. 황걸과 지강, 그리고 태봉은 후기지수들 가운데 배분이 가장 높은 축에 속하지. 그 아이들이야 사고의 정체를 모르니 나이로 미루어 자신들보다 아래라고 판단한 거고."

작은 충돌. 못된 후배 버릇이나 고쳐주겠다는 마음으로 시작된 지강과 은려의 대결. 슬슬 가겠다던 지강의 마음은 일각도 흐르지 않아 완전히 뒤바뀐다.

은려는 강했으니까.

그렇지만 지강 역시 소림의 미래를 떠안은 기재였는지라

나이를 초월한 내공과 초식으로 은려를 압박해 들어갔고, 은려 역시 기이한 검술로 맞상대했다.

두 사람의 결투가 공전절후의 혈투로 번질 무렵, 급하게 중재에 나선 무한산인이 지강과 은려를 뜯어말렸다.

"솔직히 기뻤지. 통쾌했다네. 우리 화산의 일대제자 중에 지강을 그토록 곤궁하게 만들 제자는 없었으니까. 물론 사고라서 가능했겠지만 아무튼 기분이 좋았다네."

은려를 자신들과 같은 항렬이라고 오해한 오계명성도 새삼스러운 눈으로 그녀를 바라보았다.

마음 한켠에서 화산을 무시하고, 경시했었으니까.

그도 그럴 법한 것이 기재라고 소문난 청년들은 의식적으로 화산에 입문하는 것을 피했기에 무당과 어깨를 나란히 하던 검의 명가는 나날이 쇠락하는 형편이었다.

그런 판국에서 등장한 신성은 일견 신선하게 다가와서 오계명성은 은려에게 강한 호기심을 보였다.

하지만 은려의 본모습은 모든 걸 그르치기에 충분했다.

"말로 설명할 필요가 있겠나? 예의범절로 전신을 둘둘 감은 오계명성 아이들에게 사고는 그냥 미친 여자에 불과했지. 덩달아 화산도 여전히 상태가 좋지 않은 문파로 낙인 찍혔고."

오계명성에 은려를 포함시켜서 육계명성으로 만들려던 무

한산인의 계획은 시도조차 해보지 못하고 무너졌다.

무한산인의 기나긴 설명을 참을성 있게 듣던 무영이 불쑥 물었다.

"화산의 사정, 그리고 저들이 산인께 어째서 저리도 자연스레 무례를 범하는 건지 이해했습니다. 그렇다면 제게 바라시는, 또는 부탁하고자 하시는 부분이 무엇인지요?"

무영의 직설적인 질문에 무한산인이 잠을 청하는 은려에게 시선을 던졌다.

"그렇게 물으니까 나도 단도직입적으로 대답을 하지."

은려에게서 눈을 뗀 무한산인이 무영을 똑바로 바라보았다.

"사고를 교육시켜 주게. 일반인들이 눈살을 찌푸리지 않을 정도로 족해. 그저 평범한 사람으로 만들어달라는 거지."

"기한은 제일차 무림상합대제전까지겠지요?"

"설명할 필요가 없으니 좋군."

말이 좋아 평범함 타령이다. 일반인의 범주에 비춘다면 도저히 이해하지 못할 기행과 식탐, 그리고 전혀 되어 있지 않은 예의와 예절을 어찌 단시간 내에 가르친다는 건가?

팔짱을 끼고 고심하던 무영이 눈을 빛냈다.

기회다. 비록 위험 부담은 크지만 육문에게로 파고들 절호의 기회다. 백 년 전의 혈난을 치르면서 그 힘이 크게 약화되었다지만 여전히 오파일방은 무림의 태두이고…….

'육가를 상대할 수 있는 단 하나의 힘이지.'

또한 육문처럼 배타적인 모임이 어디 있겠는가? 육문의 문턱을 넘기 위해서는 해당 문파의 장로나 무림을 쩌렁쩌렁하게 울리는 명사의 소개장은 필수란 말이다.

그런데 생각지도 못했던 기회가 찾아왔다.

은려가 끙끙대던 무학이 매화십이보라는 걸 알아보고 작은 연이라도 맺어보려 그녀의 뒤를 밟기는 했지만 이렇게 거대한 인연이 기다릴 거라고는 예상하지 못했다.

이걸 어떻게 받아들여야 할까.

무영의 고심을 엿본 동엽풍이 인상을 마구 뒤틀었다.

뭔가 하고픈 말이 잔뜩 있나 본데 전음으로 이야기를 건네다가 무한산인에게 딱 걸리면 그야말로 개망신이라서 얼굴 표정만으로 의사를 전달하려는 건데 야속하게도 무영은 생각에 잠겨서 그에게 눈길조차 주지 않았다.

'내 처지에 선택이란 사치 아닌가.'

고심은 잠시였다. 어차피 이판사판. 육문의 힘을 얻지 못하면 천가와의 싸움은 그저 꿈에 불과하다.

하지만 마냥 숙이고 들어갈 수는 없다.

"어째서 저입니까?"

"음?"

"말씀드렸다시피 저는 강호초출의 풋내기입니다. 그런 저의 무엇을 믿고 연배만으로 따진다면 화산에서도 능히 다섯 손가락에 꼽힐 웃어른을 맡기실 생각을 하셨습니까?"

"착각을 하는군. 나는 자네를 믿지 않네."

무한산인이 손을 내저었다.

"난 그저 내 친구의 안목에 무한한 신뢰를 보낼 뿐이지."

동엽풍이 택했기에 너를 믿겠다!

무한산인의 판단은 지극히 합리적인 것이라 무영의 입에 가는 미소가 맺혔다.

그렇다면 가능할지도 모르겠다.

오파일방의 장로급이라면 앞뒤 꽉 막힌 옹고집들일 거라고 생각했는데 이 정도의 합리성을 보여준다면 유연한 사고를 기대해도 되지 않겠는가.

"사고 어르신을 교육시킨다… 좋습니다. 만약 산인께서 원하는 결과를 이루어낸다면 제가 얻을 것은 무엇입니까?"

'이 녀석 봐라?'

무영의 당돌한 질문에 무한산인이 흥미롭다는 표정을 지었다.

거래를 하잔다. 일개 강호초출의 젊은이가 육백 년 역사를 자랑하는 화산파와 거래를 하자는 거다. 배경 하나 없는 몰락한 가문의 후예가 말이다.

그래서 재미있다.

동엽풍답게…….

'걸물 하나를 건졌군.'

생각은 생각대로 내버려두고 무한산인이 의자를 끌어 무영 쪽으로 다가섰다.

"돈이나 무학은 관심이 없을 테고……."

혼잣말로서 무한산인이 무영을 떠보았지만 일개 강호초출은 바위처럼 자리를 지킬 뿐이었다.

"제시해 보게, 원하는 바를. 대신 내가 책임을 질 수 있는 선에서의 조건이어야 하네."

화산 육백 년 역사상 장로급 인물에게 선 제시를 얻어낸 사람이 몇이나 있을까?

신기한 얼굴로 자신을 바라보는 무한산인을 똑바로 응시하며 무영이 입을 열었다.

"일단 산인께서 원하시는 결과를 얻어내고 말씀드리겠습니다."

"쉽지 않은 조건이라는 소리로 들리는군."

둘의 이야기를 듣던 동엽풍이 귀를 팠다.

"잠시 나가 있어라, 무영아."

"예?"

"내 긴히 이 말코랑 할 말이 있어. 일각만 자리를 피해주어라."

"알겠습니다."

무영이 문을 닫고 나가자 동엽풍이 입을 쭉 내밀었다.

"화산의 장로랍시고 거저먹으려고 들면 곤란하지. 암, 곤란해."

"거저먹으려고 들지는 않았네. 단지 내가 들어줄 수 있는 범주의 요구 조건이어야 한다는 거지."

"무영이가 무엇을 요구할지 대략 짐작을 했잖아?"

"으음……."

"그렇기 때문에 '내가 책임질 수 있는 선' 이라고 사전에 금을 그어버렸잖아? 내 말이 틀려?"

무영과 천가는 불구대천의 원수지간이다.

그래서 무한산인은 무영의 부탁을 자기가 들어줄 수 있는 선으로 잘라 버린 거다. 만약이라도 그가 천가와의 싸움에 화산을 끌어들일까 염려되어서.

천가는… 화산에게도 부담스러운 상대일 수밖에 없었기에.

"난 화산의 장로이지, 장문이 아닐세."

"그래서 쫄았다는 거야, 그래서."

"내가 화산을 대표할 수 없는 위치라는 걸 알면서 이렇게 억지를 부리는 건가?"

"억지라니? 난 그저 바짝 쫄아버린 화산의 늙은 장로가 안쓰러웠을 뿐인데?"

동엽풍이 계속해서 깐족거리자 무한산인의 얼굴이 조금 붉어졌다.

"내 입장이… 되어보게……."

너무 심하게 몰아붙였다고 생각했을까. 머리를 벅벅 긁은 동엽풍이 술잔을 들었다.

"뭐, 일단 무영이가 요구 조건을 들어보고 판단해도 늦지 않겠지."

"그래……."

동엽풍의 잔에 술을 부어주며 화산의 늙은 장로가 한숨처럼 대답했다, 말로만 전해 들은 화산의 예전 위용을 떠올리면서.

"달라졌구나. 예전과 비교하면 많이 변했어."

내일 오겠다며 곯아떨어진 은려를 업고 무한산인이 떠나자 동엽풍이 무영의 어깨를 두드렸다.

"그렇… 습니까?"

본인도 느끼는 판에 자신의 과거 모습을 똑똑히 기억하는 이의 입을 통해서 같은 의견이 나오자 무영의 얼굴이 어두워졌다.

달라졌다…….

독기가 빠졌다…….

의지가 약해졌다…….

절실함이 없어졌다…….

무영의 얼굴에서 고뇌의 빛을 엿본 동엽풍이 술을 쭉 들이켰다.

"달라졌다는 말을 안 좋은 방향으로만 해석하지 말거라."

"좋지 않게 들리는 것이 사실입니다."

"위로하려는 것이 아니라 좋지 않은 쪽으로 생각하지 말라는 거야. 칠 년 전과 지금의 입장이 판이하게 다른데 사람이 같다면 그것이야말로 문제란다."

"그건 그렇지만……."

무영의 얼굴이 근심의 빛이 어리자 동엽풍이 더는 말을 잇지 않고 술잔을 빙글빙글 돌렸다.

강박적. 지금 무영의 사고 체계를 한마디로 정리하자면 강박적이라는 말로 표현된다.

반드시 어떤 형태의 인간이 되어야만 하고, 그 틀에 맞춘 인생을 살아가야만 한다는 압박감 말이다.

다른 누군가가 아닌 스스로 창작해낸 테두리이기에 어떤 의심이나 회의가 없는 절대적인 규칙.

물론 절체적인 상황에 처한, 또 그런 인생을 앞으로도 당분

간 걸어가야만 하는 무영의 입장에서 이렇게라도 해서 자신을 지키려는 심정은 이해할 수 있다.

문제는 절대적으로 옳은 길은 세상 그 어디에도 없다는 거다.

'확신이 맹목으로 바뀌는 순간 감정이 이성을 지배하는 법이거늘.'

씁쓸한 얼굴로 자신의 잔에 눈길을 고정시킨 동엽풍이 한숨처럼 물었다.

"얼마나 다가섰느냐?"

"무슨 말씀이신지……."

무영이 의아한 표정을 짓자 동엽풍이 묵직하게 잘라 말했다.

"궁. 신. 탄. 영."

"아아……."

"네 인생은 궁신탄영이라는 네 글자로 귀결된다고 봐도 옳을 것이다. 십칠 년을 한결같이 보법을 깨뜨렸고, 그것의 종착지는 궁신탄영이었다. 또한 네 선친께서도 천가를 상대하기 위해서 궁신탄영이라는 절대적인 보법에 매진했고. 다시 묻자. 동굴에서 보낸 칠 년, 궁신탄영에 얼마나 가까워졌느냐?"

다소 긴 동엽풍의 질문에 무영이 눈을 감았다.

아스라이 떠오르는 동굴, 그리고 칠 년. 무엇이든 할 수 있을 것만 같았던 희망과 아무것도 이루지 못할 거라는 절망이 하루에도 서너 번씩 교차되던 칠 년.

"동굴에는 저를 위한 많은 안배가 준비되어 있었습니다. 강호에서 가장 강하다는 열 가지의 타격기 가운데 셋, 남만의 야만족들이 사용한다는 싸움법, 이루 헤아리지 못할 정도로 다양한 서적이 저를 기다리고 있더군요."

"서론이 길다. 그래서 얼마나 다가섰다는 거냐?"

동엽풍의 준엄한 다그침에 무영이 입술을 떨었다.

"아직… 잡히지 않습니다. 수많은 보법을 구성하고 깨뜨리기를 수십, 수백 차례 반복했지만 모든 방위에서 반격이 가능하며, 모든 순간을 자신의 것으로 만든다는 궁신탄영은 아직까지 제게 손을 내밀지 않았습니다."

"그래……."

말 그대로 궁신탄영은 꿈의 경지다. 오죽하면 천하를 오시하던 전륜방이 궁신탄영이라는 움직임 하나에 가로막혔을까.

"너무 낙담은 하지 말거라. 아직 시간은 충분하……."

"그렇지만 성과도 있었습니다."

동엽풍의 말을 자른 무영의 입가에 가는 미소가 걸렸다.

"차라리 동굴에서는 궁신탄영에 대한 단서조차 잡지 못했습니다. 좁은 공간에서 지내는 탓인지 생각 또한 협소해져서 창조적인 사고를 하지 못했습니다. 오로지 주어진 것들만 습득하기에 바빴지요. 그런데 동굴을 나서니 달라지더군요."

"달라져?"

"사고가 단번에 확장된다고 할까요? 똑같은 사물을 대해도 동굴에서와는 다른 관점으로 그것을 바라보고, 판단하게 되더군요. 그래서 세 가지의 타격기도 저만의 방식으로 해석하게 되었습니다. 그럴 듯한 이름도 붙일 정도로 말이지요. 사자투로와 염왕지로, 그리고……."

쑥스러운지 무영이 피식 웃었다.

"사자투로, 그리고 염왕지로라… 이름 한번 거창하구나. 그만한 위력이 있다면 금상첨화겠지만. 그런데 확장된 사고와 궁신탄영은 어떤 관계라는 거냐?"

"모든 방위에서 반격이 가능하며 매 순간을 자신이 점유한다. 솔직히 뜬구름 잡는 소리 아닙니까? 실체가 없는 정도를 넘어서 모호하기 이를 데 없다는 것이지요."

"개념적으로 본다면 불가능에 가깝지."

"맞습니다. 궁신탄영은 일반적인 견지로 생각한다면 말도 안 됩니다. 신이라면 몰라도 피륙으로 이루어진 인간이 어찌 모든 방위와 모든 순간을 자신만의 것으로 만들겠습니까? 거기다 상대 역시 끊임없는 움직임과 공격, 그리고 방위로서 자신을 보호할 텐데?"

무영의 정확한, 그러나 지극히 상식적인 지적에 동엽풍이 고개를 끄덕였다.

싸움은 혼자 벌이지 못한다. 최소한 하나 이상의 상대가 존재해야 싸움이라는 행위가 가능하다. 그리고 상대방은 자신의 의도대로 움직일 리는 만무하다.

"그래서 궁신탄영이란 호사가들이 만들어낸 허구라고 생각한 적도 있습니다. 창피한 말이지만 동굴에서 그런 마음이 들더군요. 다른 방향으로, 다른 형태의 무학으로 천가를 상대해야겠다는 판단마저 했습니다. 솔직히… 포기했던 거지요. 그만큼 궁신탄영은 신기루와도 같았습니다. 도통 실체를 모르니 방법이 없었지요."

"한데 동굴을 나서니까 달라졌다? 궁신탄영의 실체가 어렴풋이 보였다?"

"아니요. 지금도 실체는커녕 궁신탄영의 그림자조차 엿보지 못했습니다. 다만……."

깍지 낀 손을 탁자에 올려놓으며 무영이 마른침을 삼켰다.

"궁신탄영, 모든 방위에서 반격이 가능하며, 모든 순간을 자신의 것으로 만든다는 보법, 힘들겠지만 아예 불가능하지만은 않을지도 모르겠다는 생각이 들었습니다."

"호오, 어떤 계기로 그리 생각하게 되었느냐?"

동엽풍의 물음에 무영이 눈을 빛냈다.

"궁신탄영은 보법이라기보다 움직임, 즉, 일종의 경지일 거라는 결론에 이르렀습니다."

"단순한 걸음걸이가 아닌 몸과 정신이 유기적으로 결합하여 이루어내는 모든 동작의 총칭이야말로 궁신탄영이다?"

"그렇습니다. 그렇기에 방위도, 찰나도 자신의 것으로 취할 수 있겠지요. 어떤 싸움이든 시, 공간을 지배하는 자가 승리를 쟁취할 테니까요. 일례로 야무흔 어르신의 동작도 그러한 경지의 연장선에서 파악할 수 있습니다."

"야무흔이라면 낭백을 일컬음인가?"

동엽풍의 반문에 무영이 일어서서 야무흔의 가르침을 서툰 동작으로나마 재현했다.

"보시다시피 수비라기보다 회피입니다, 최소한의 동작만으로. 이렇게 되면 방위를 자신의 것으로 만드는 한편 반격이 가능하면서 순간도 얻을 수 있지요. 반대로 공격에 실패한 상대는 방위와 시간 모두를 헌납하게 됩니다."

"흥미롭군. 일리가 있다."

"이런 견지라면 궁신탄영도 꿈만은 아니겠지요. 보법이라는 틀에서 벗어나면 시, 공간을 지배하는 것도 불가능하지 않습니다."

第五章
처음이자 마지막 형적전주

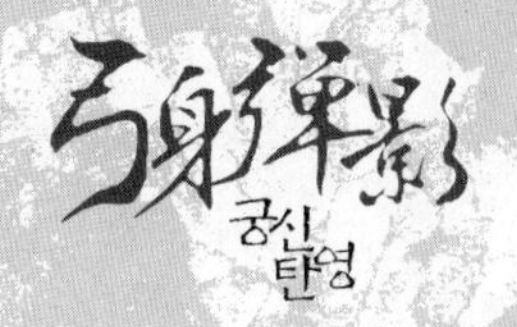

무영의 논리 정연한 설명을 듣던 동엽풍의 얼굴이 어두워졌다.

기본적으로 무영은 세련된 사람이다. 화법도 그렇고, 몸가짐도 반듯하다. 매사를 이성적으로 받아들이고 논리적으로 분석하기에 실수를 최대한 적게 범한다.

또한 자신을 감추는 데 천재적인 재능을 가지고 있다. 이는 십칠 년이라는 기나긴 세월을 우리에 갇힌 새처럼 지내면서 자연스레 터득한 보호색이라 할 수 있다.

이 모두는 천가라는 절대적인 세력을 상대하기에 더할 나위 없이 좋은 조건이라고 하겠지만 작용이 있으면 반작용이 존재하듯 무영의 장점은 치명적인 단점이 되기도 한다.

세련됨, 이성, 논리. 이 세 가지로 대표되는 무영을 다른 시각으로 바라본다면 바로…….

'가식적.'

그렇다. 무영에게는 인간미가 풍기지 않는다. 잘 만든 조화가 바로 이런 느낌일까?

그렇기에 절박하지만 여유롭고, 필사적이지만 의연한 모습이다.

'세상을 지배하는 요소는 이성이나 논리가 아니라 감정인 법이거늘.'

아직 궁신탄영의 실체조차 파악하지 못한 상태. 반듯하고 세련된 태도로 사람들의 호감을 사지만 끈적끈적한 인간미가 없기에 그들과 완벽한 화합을 이루지는 못하는 상태.

'불안해. 아직은 불안해.'

어쩌면 이런 현상은 당연할지도 모른다.

몇 십 년간이나 세상과 완벽하게 격리되어 있다가 강호에 발을 디딘지 고작 서너 달인데 사람의 밑바닥을 뒤흔드는 인간적인 매력을 기대하기란 무리에 가까운 일이 아니겠는가.

"무영아."

"예?"

"너는 사람을 끄는 재주가 있다. 반듯한 성품, 세련된 대화법, 온화한 미소, 이 모두를 받쳐주는 잘생긴 용모……."

말을 끌던 동엽풍이 고개를 끄덕였다.

"첫인상. 그래, 너는 타인을 규정짓는 원초적이면서 원시적인 느낌인 첫인상에서 거의 최고점을 받을 것이다. 이는 다른 이들을 상대할 때 대단한 강점으로 작용하겠지."

"과찬이십니……."

무영이 머리를 긁는데 동엽풍이 차디찬 어조로 그의 말을 끊었다.

"문제는 거기까지라는 거다."

"예?"

"딱 거기까지라는 말이다."

동엽풍이 이를 물고 숨을 들이켠 후에 작심한 듯 입을 열었다.

"세련된 화법, 반듯한 몸가짐, 사람을 편안하게 해주는 미소, 조각 같은 얼굴… 이 모두는 일종의 가면이다. 세상에 너 자신을 동화시키려고 만들어낸 가면. 그렇기에 보기에는 좋지만 그 이상은 아니란 말이다."

무영이 인상을 살짝 찌푸렸다.

강호에 발을 담근 지는 얼마 되지 않았다지만 그를 만난 모든 이들은 기본적인 호감을 표시했었다.

그것으로 충분하다. 딱 거기까지면 된다. 그 이상 얽혀 들어가면 곤란하다. 인간관계 따위는 등 따습고 배부른 사람들에게나 통하는 이야기란 말이다.

무영의 불만 어린 표정을 읽고 동엽풍이 어깨를 들어 올렸다.

"첫인상이 좋은 것만 해도 어디냐고? 맞다. 다시 말하지만 천혜의 축복이지. 하지만 아쉬워. 아쉬워서 그런다, 이놈아."

"무엇이 그리도 아쉽습니까?"

"첫인상보다 훨씬 괜찮은 것들을 가지고도 내놓는 방법을 모르니 아쉽다는 거다."

"저는 이 정도로 충분히 만족하고 있습니다만?"

무영의 날선 대꾸에 동엽풍이 탁자를 내려쳤다.

"그 정도로 무슨 놈의 만족! 제대로만 깨닫는다면 천지에 향기를 흩뿌려 세상 그 누구라도 자신의 편으로 만들 녀석이 고작 첫인상 하나로 만족을 해?!"

동엽풍의 호통에도 무영은 한 치의 흔들림을 보이지 않았다.

"가문의 원과 한을 풀기에도 바쁩니다. 천지에 향기를 흩뿌리고, 사람들과 교우할 시간 따위는 제게 없습니다. 타인은… 조력자 아니면 적일 뿐입니다."

"조력자 이상의 관계를 설정할 수 있다니까!"

동엽풍이 엄지로 제 가슴을 꾹꾹 누르며 소리쳤다.

“첫인상이 아니라 마음에서 우러나는 향기로 상대를 대한다면 그는 너에게 조력자 이상으로 다가설 것이다! 마음과 마음이 잇닿는다면 어떠한 칼날로도 끊지 못할 거란 말이다!”

여전히 불만스러운 무영의 표정을 보고 동엽풍이 한숨을 푹 내쉬었다.

“직선. 그래, 너는 직선이다. 단 한 번의 망설임이나 주저 없이 목표를 향해 일직선으로 달음박질치는 직선. 주위에서 무슨 일이 벌어지든 눈길조차 주지 않고 달려 나가는 직선 말이다.”

동엽풍의 엄한 지적에 무영이 반문했다.

“제게는… 주위를 돌아본다거나 신경 쓰는 자체가 사치입니다.”

“물론 그렇게 말할 수도 있다. 너는 무림의 그 누구보다 절실하면서 절박한 처지. 타인의 아픔이나 슬픔까지 챙기기에는 네 마음이 너무도 가난하지.”

내가 여유 없는데 어찌 남을 돌볼까, 하며 동엽풍이 쓰게 웃었다.

“나는 네게 대해를 덮을 만한 오지랖을 원하는 것이 아니다. 그저 방법론을 말하는 거지.”

“방법론이라시면?”

"네게 직선이라고 말했지?"

무영이 고개를 끄덕이자 동엽풍이 턱을 들었다.

"직선적인 방법이 나쁘다는 것은 아니다. 최단 시간에 목적지에 도달하는 가장 효율적인 방법이 바로 직선이지. 문제는 목적지다."

술잔에 손가락을 담근 동엽풍이 술 한 방울을 탁자의 정중앙에 떨어뜨렸다.

"자, 여기 목적지가 있고……."

이번에는 탁자의 모서리에 술 한 방울을 떨어뜨린 동엽풍이 무영에게 물었다.

"이것을 너라고 가정하자. 목적지에 가장 빠르게 도착하려면 어찌해야겠느냐?"

동엽풍의 물음에 무영이 망연자실한 표정을 지었다. 너무 어려워서가 아니라 너무나 쉬운 질문이었기에.

"그야 당연히 이렇게."

물방울과 물방울을 일직선으로 잇고 무영이 고개를 들었다.

"최단선입니다."

"맞아. 그리고 그 방식대로 네가 행동하려는 것이고. 그렇지?"

무영이 조심스레 고개를 끄덕이자 동엽풍이 목적지로 지

목된 물방울을 가리켰다.

"그렇다면 저것은 네게 있어 무엇이냐?"

"그야 당연히 목표……."

"목표라 했지? 좋다. 그렇다면 저것이 천가휘더냐, 아니면 천가더냐? 아니면 천가를 위시한 육가더냐?"

"천가휘면 어떻고, 천가면 어떻습니까? 제 목표는 육문……."

"네 목표가……."

무영의 말을 싹둑 자른 동엽풍이 그에게 얼굴을 가져갔다.

"천가휘 개인이더냐, 아니면 천가라는 단체이더냐, 아니면……."

놀란 무영의 눈을 직시하며 동엽풍이 입술을 달싹였다.

"육가라는 거대한 세력이더냐?"

쿵!

그제야 물음에 담긴 뜻을 간파하고 무영이 눈썹을 모으는데 의자에서 일어선 동엽풍이 탁자를 짚었다.

"직선으로 목표를 좇아 일거에 해결하는 방식. 대상이 개인이라면 매우 효과적이다. 하지만 단체라면? 아니, 단체들의 연합인 세력이라면? 그들이 저 물방울처럼 점일까?"

그렇다! 자신의 목표는 천가휘가 아니다! 천가휘가 천가를 움직이는 가주라고는 하지만 그 하나 죽는다고 무너질 천가가 아니다! 또한 천가휘나 천가가 몰락한다고 같이 쇠락할 오가가 아니다!

'맞아, 나의 목표는…….'

천하를 양분하는 세력이었던 거다!

"네가 천가휘 한 사람만을 겨냥한다면 이런 이야기는 필요가 없겠지. 그 하나를 죽임으로서 모든 문제가 해결된다면 그가 먹는 음식에 독을 탄다든지, 아니면 귀신도 모르게 잠입하여 그를 암살한다든지, 아무튼 개인을 상대하기란 집단보다 훨씬 쉽다는 건 삼척동자도 다 아는 사실이다."

지루하리만치 긴 이야기를 늘어놓던 동엽풍이 돌발적으로 무영에게 질문을 던졌다.

"그러면, 천가휘 하나 죽으면, 벽씨세가의 한이 풀리는 게냐? 그런 것이냐?"

무영이 씁쓸한 얼굴로 고개를 저었다.

천가휘는 천가의 수장이니 천가라는 단체를 대표하기에 충분하다. 또한 풍문으로 천가휘가 직접 자신의 아버지인 벽승악을 불귀의 객으로 만들었다고 한다.

그래, 천가휘 하나로 모든 일이 해결된다면 얼마나 좋을까?

"맞습니다. 어르신 말씀대로 천가휘는 천가의 상징일 뿐, 제 목표는 아닙니다."

"세상을 폭넓게 바라보란 거다. 무슨 말인지 알겠느냐? 가령… 음?"

열변을 토하던 동엽풍이 무언가를 발견하고 흥미로운 표정을 지었다. 그의 시선이 머문 곳은 다름 아닌 원탁의 끄트머리였는데 작은 개미 한 마리가 바삐 움직이고 있었다.

"호오~"

"무엇이 그리도 흥미로우십니까?"

"방금 재미난 생각이 들어서."

무영이 참을성 있게 다음 말을 기다리자 동엽풍이 개미를 가리켰다.

"지금 개미가 원탁의 주위를 따라 열심히 걷고 있다. 그럼 개미의 눈앞에 펼쳐진 길이 곡선이겠느냐, 아니면 직선이겠느냐?"

"당연히 곡……."

"그럴까?"

무영의 말을 자른 동엽풍이 방바닥에 선 하나를 그었다.

"어떠냐? 보기에는 직선이지?"

"당연히 직……."

"아니다. 이것은 곡선이다. 직선으로 보이겠지만 이것은 엄연히 곡선이다. 왜냐고? 확인 차원에서 선을 확장해 보자."

그어진 선의 끝에 붓을 댄 동엽풍이 계속 그어나가다 방문까지 열었다.

"아직 모르겠느냐?"

동엽풍이 긋는 선을 보며 턱을 긁던 무영이 느릿하게 고개를 끄덕였다.

"과연……."

토막으로 봤을 때는 몰랐는데 계속 이어지니 직선처럼 보였던 선은 완만하게 휘어지고 있었다. 경사가 워낙 미약해서 몰랐을 뿐, 동엽풍은 분명 곡선을 그려냈던 거다.

그렇다면 자신들에게는 원탁이었지만, 그렇기에 당연히 곡선이었던 가장자리가 개미에게는 일직선이 아니었을까? 그렇다면 자신이 그어 내려던 최단선도 직선이 아닐 수 있다는 말일까?

무영이 턱을 쓰다듬자 선을 계속해서 이어나가며 동엽풍이 중얼거렸다.

"직선처럼 보였지만 결국은 곡선이기에 어떤 형태로든 머리와 꼬리가 연결이 되겠지. 그렇지만 직선은 다르다. 세상을 가로질러도 결국 직선은 머리와 꼬리가 마주치지 않는다."

허리를 펴며 동엽풍이 단언했다.

"직선과 곡선의 차이가 이것이다."

순간 무영이 고개를 갸웃거렸다.

동엽풍은 왜 그리 직선과 곡선에 매달리는 걸까?

"네 상대가 점이 아니라는 사실은 이해했겠지? 그렇다면 무엇이겠느냐?"

잠시 숨을 고른 동엽풍이 원탁을 두드렸다.

"네 상대는 바로 면이다. 면. 무수히 많은 점과 점들이 이루어낸 선의 결합체. 그래서 직선은 안 된다. 고작 점 하나를 최단거리로 관통하는 직선 가지고는 절대로 그들을 상대할 수 없다는 말이다. 곡선. 면의 가장자리를 아우르며 완만하게 세상을 따라 내달리다 처음과 끝이 잇닿는 곡선이야말로 네가 걸어야 할 길이다."

다소 복잡한 이야기라서 무영이 인상을 찌푸리자 동엽풍이 허리를 콩콩 두드리며 자리에 앉았다.

"면, 조직, 집합체. 그렇다, 그들은 개인이 아니다. 여러 사람들의 생각이 공유되어 창출해낸 조직이라는 거다. 그래서 그들은 강하다. 그들은 혼자가 아니라서 강하다는 말이다."

"어르신의 말씀대로라면 궁신탄영을 완성시킬 노력을 인맥 쌓기로 돌리는 편이 낫다는 것으로 들립니다."

무영이 부정하자 동엽풍이 코털을 하나 뽑았다.

"아, 궁신탄영! 말 한번 잘했구나! 너도 알다시피 그 대단하다던 전륜방이 궁신탄영을 익혔다는 고수에게 가로막혀 뜻을 이루지 못했다고들 한다. 왜 그렇다고 생각하느냐?"

"그야 신비의 고수가 그만큼 대단한 무학을 지녔기

에…….”

말을 잇던 무영이 뭔가 이상해서 입을 닫았다.

동엽풍이라는 인물이 뻔한 대답이나 듣자고 질문을 던질 사람은 아니었으니까.

무영의 속내를 들여다본 걸까? 그의 짐작을 대변이라도 하듯 동엽풍이 확신에 찬 어조로 말했다.

“전륜방은 단체였지만 개인만도 못했다. 그래서 뜻을 접어야만 했던 거다.”

“전륜방이 개인만도 못했던 단체…….”

“그래, 그들은 힘이 있었으되 민심을 얻지 못했다. 모든 강호인들의 그들을 두려워만 했을 뿐, 마음으로는 끊임없이 밀어내고 내쳤다. 그들에게는…….”

잠시 숨을 고른 동엽풍이 잘라 말했다.

“십팔만 리라는 드넓은 중원에서 단 한 뼘 쉴 공간도 주어지지 않았던 거다.”

“민심…….”

무영이 같은 말을 되새기자 동엽풍이 번쩍 눈을 빛냈다.

“하지만 천가는 다르다. 그들에게는 힘이 있을 뿐더러 민심까지 등에 업은 상태다. 한마디로 네 상대는…….”

무영을 바라보며 동엽풍이 선언처럼 말을 뱉었다.

“민심을 업은 전륜방이다.”

민심을 업은 전륜방!

다소 충격적인 동엽풍의 말에 무영의 눈썹이 잔 떨림을 보였다.

"그래서 혼자서는 안 된다. 그 옛날 궁신탄영으로 전륜방을 막았다던 신비의 고수라도 지금이라면 홀로 천가를 상대할 수 없을 것이다. 개인 대 개인의 싸움이라면 몰라도 민심을 얻은 조직을 혼자서 무너뜨릴 수는 없으니까."

동엽풍의 지적은 실로 예리해서 무영은 단 한마디의 반박도 하지 못했다.

안일했다. 무의 숲[武林]이라는 말처럼 무림은 힘이 정의라고 생각했는데 결국 강호도 사람이 사는 곳이라는 사실을 간과했다.

사람이란 이성보다 가슴으로 생각하는 동물이니까.

"느리고 답답해 보이는 길이야말로 지름길인 법. 주위를 살펴라. 그 안에 길이 있을지니."

아무런 답 없이 무영이 고개를 숙이고 생각에 잠기자 동엽풍이 물을 따라 마셨다.

팔십 평생에 오늘처럼 많이 말을 한 적은 아마도 없으리라.
팔십 평생에 오늘처럼 절실한 심정으로 누군가를 설득해 본

적도 결단코 없을 것이다.

전부를 이해하지는 못하겠지만, 하다못해 삼분지 일도 깨닫지 못하겠지만 아무려면 어떠랴? 자신은 반드시 들려줬어야만 했고, 무영은 충분히 경청했다.

그것이면 족하다. 이 자리에서 전부를 자신의 것으로 만들지는 못하겠지만 언젠가는 자신이 전하려던 이야기를 떠올리며 웃음 지으면 된다.

그래, 그것으로 족하다. 다만 깨달음이 너무 늦게 찾아오지 않기를 바랄 뿐.

'어쩌면 화산의 어린 사고를 가르치면서 또 다른 깨우침을 얻을지도.'

무영의 반듯하지만 향기가 없는 얼굴을 보며 동엽풍이 남몰래 한숨을 내쉬었다.

주어진 시간은 생각보다 많지 않으니까.

* * *

"말씀은 들으셨소이까?"

은려가 고개를 끄덕이자 무영이 뒷짐을 지었다.

"이미 아신다고 하지만 다시 한 번 설명 드리겠소. 오늘부터 소저는 보통 사람들의 상식과 행동을 배우게 될 것이오.

기한은 단 보름. 보름 안에 최소 일반인들과 섞여서 대화를 하거나 식사를 해도 어색하지 않도록 만들겠소. 그것이 내 목표이자 소저의 도달점이오."

"귀찮은데……."

"귀찮더라도 그리되어야만 하오."

은려의 말을 자른 무영이 그녀를 일으켜 세웠다.

"걸어보시오."

눈을 꿈뻑이던 은려가 걷기 시작하자 무영이 고개를 저었다.

"고양이처럼 발뒤꿈치를 왜 드는 거요? 다시!"

말 한마디에 곧바로 바뀔 습관이라면 무한산인이 무영에게 은려의 예절 교육을 부탁하지도 않았을 터.

또다시 고양이처럼 살금살금 걷는 은려를 보며 무영이 발을 굴렀다.

"이렇게 힘주어 내딛으라니까! 소저가 산짐승이요?"

무영의 화를 내자 입을 비죽 내민 은려가 다시 걸었다.

살금살금.

"아니라니까!"

"그럼 어쩌라고!"

"말했잖소! 발뒤꿈치를 땅에 밀착시키라고!"

"에잇!"

신경질적으로 소리치며 은려가 코끼리처럼 쿵쾅쿵쾅 걷자 무영이 머리를 짚었다.

난감하다. 살금살금과 사뿐사뿐의 차이를 어떻게 이해시켜야 할까?

"그러니까 이렇게……!"

시범을 보이려던 무영이 동작을 멈췄다.

모르겠다. 여인네들의 조신하면서도 맵시 있는 걸음걸이를 보여주고 싶은데 어찌 걸어야 할지 도통 모르겠다.

"그러니까… 그냥 좀 여성스럽게 걸어보시오. 먹이를 노리는 고양이처럼 살금거리지 말고."

"모르겠다니까?"

"일단 걸으시오. 될 때까지!"

억지를 보리는 무영을 원망에 가득 찬 눈으로 노려보던 은려가 다시 걸음을 걸었다.

반 시진 후…….

볼이 잔뜩 부풀어 오른 은려가 고개를 탁자에 처박은 무영에게 투덜거렸다.

"어쩌라고? 또 걸어?"

"아니, 됐소. 일단 걸음걸이 연습은 뒤로 미룹시다."

손만 들어 휘휘 저은 무영이 점소이에게 식사를 주문했다.

푸짐하게.

"우와, 밥 먹는 시간이야? 배고팠는데 잘됐다!"

"밥 먹는 시간은 맞는데 교육 시간이기도 하오."

"무슨 교육?"

"식사 예절에 관한 교육이오."

은려가 고개를 갸우뚱거렸지만 음식이 나올 때까지 무영은 한마디도 하지 않았다.

점소이 둘이서 낑낑거리며 음식을 가져오자 상을 둘러보던 은려가 투덜거렸다.

"만두가 없다! 만두 시켜줘!"

그녀가 만두를 찾는 이유를 짐작하고 무영이 고개를 저었다.

"안 되오. 오늘부터 보름 동안 만두는 식단에서 제외될 것이오."

"왜? 왜 안 되는데?"

손으로 집어먹지 못하게 하려고 그런다, 라는 말은 할 수 없어서 무영이 대충 둘러대자 구운 오리를 발견하고 은려가 쾌재를 부르며 손을 가져갔다.

찰싹!

"아야! 왜 때려!"

손등을 얻어맞은 은려가 눈을 부라렸지만 무영은 엄한 표정으로 그녀를 나무랐다.

"남정네처럼 오리 다리부터 뜯으려고 하는 거요? 일단 탕부터 마셔보시오."

"씨이."

입을 툭 내민 은려가 탕을 담은 그릇을 보다 접시 채 들어 올리자 무영이 버럭 화를 냈다.

"산적들도 그리 게걸스레 음식을 먹지는 않을 것이오! 수저는 장식품이 아니란 말이오!"

"안 먹어!"

접시를 소리 나게 내려놓은 은려가 고개를 홱 돌리자 무영이 태연한 얼굴로 젓가락을 잡았다.

"할 수 없지. 나 혼자서 식사를 해야겠군."

은려를 없는 사람 취급하며 무영이 맛나게, 그러나 품위를 잃지 않고 음식을 탐했다.

얼마나 지났을까? 입에 침이 잔뜩 고인 은려가 죽어 들어가는 목소리로 물었다.

"수저랑… 젓가락으로 먹으면 돼?"

"물론이오."

"알았다."

수저와 젓가락을 들긴 들었지만 영 어색한지 접시를 앞쪽으로 당긴 은려가 거의 퍼 올리는 방식으로 음식을 먹기 시작했다.
원래대로라면 이런 방식의 식사도 막아야 되겠지만 첫술에 배가 부를 수는 없는 노릇이라서 무영이 쓰게 웃었다.
그래도 도구를 사용하게 했으니 소기의 성과를 거둔 셈이 아닌가?
나름 만족하며 여유롭게 식사를 하던 무영의 얼굴이 서서히 굳어졌다.
'이건…….'
식사가 아니다! 이건 흡입이다!
먹는다기보다 거의 마시는 수준으로 음식을 들이켜는 은려를 경의적인 시선으로 응시하던 무영이 손을 들었다.
"여기까지."
"응?"
입안 가득 음식을 넣고 또다시 수저를 들던 은려가 자신을 쳐다보자 무영이 엄숙하게 선언했다.
"점심은 이 정도로 먹고 다시 교육을 시작하겠소."
무영이 손을 내밀어 수저와 젓가락을 빼앗으려 하자 은려가 고개를 흔들었다.
"싫다. 더 먹을 거야."
"안 되오."
"더 먹을 거라니까."

"안 된다니까."

"조금만 더, 응? 조금만."

은려의 애절한 음성에 잠시 약해졌지만 곧 마음을 다잡고 무영이 그녀를 달랬다.

지금까지 은려가 먹은 양만 해도 웬만한 장정 서넛의 식사량과 비슷한 수준이다.

이대로 더 뒀다가는 탁자에 놓은 음식을 모조리 먹을 판인데 더는 두고 볼 수 없다.

"그만. 이제 그만 먹고 저녁에……."

"저녁 같은 건 없다."

은려가 착 가라앉은 음성으로 중얼거렸다.

"저녁은 저녁에 생각하는 거다. 점심을 먹으면서 왜 저녁까지 생각해야 하지……."

"사람은 원래 삼시 세끼를 챙겨 먹는다오. 점심을 먹고 저녁을 먹는 건 당연한 거지. 지금 너무 많이 먹어두면 저녁 식사가 맛이 없을 수도 있소."

적당할 때 그만두는 것도 배워야지, 라며 무영이 손을 뻗는데 고개를 숙인 은려가 음산한 목소리를 내뱉었다.

"좋은 사람은 그렇게 살았나 보구나. 그런데 나는 그렇게 살지 못했다."

"음?"

돌변한 분위기. 야수와도 같은 흉성을 전신에서 발산하는 은려의 기세에 무영이 주춤 뒤로 물러섰다.

야성. 이것은 먹잇감 앞에서 이를 드러내는 맹수들의 흉폭한 본성이다.

'본능, 그래 이것은…….'

생존 본능.

"그런데 은려 소저에 대해서 너무 모르니 어떤 식으로 접근해야 할지 난감합니다."

"나 역시 그렇다네. 사조께서는 사고를 내던지듯 맡기고 표표히 몸을 감추셨어."

"대화는 나누어보셨을 것 아닙니까? 잡담 수준이라도 말입니다."

"대화라… 그래. 이야기를 주고받다 보면 그 사람의 지난날이나 철학, 기타 특징이 드러나는 법이지. 하지만 말이야, 사고는 단 한 가지의 주제만을 논했다네."

"단 한 가지의 주제요? 그것이 무엇입니까?"

"음식. 먹을거리 말일세. 그 문제라면 밤을 새워도 좋을 정도였지. 하지만 다른 부분을 말할라 치면 졸거나 딴청을 부리기 일쑤였어."

"먹을거리에 관해서만 입을 연다… 답이 없군요."

"아, 한 가지! 그런데 이거 말을 해야 하나 모르겠네……."

"작은 단서라도 도움이 될 수 있습니다. 무엇이든 말씀해 주십시오."

"그러니까, 그게… 에… 사조께서 떠나시면서 한마디를 남기셨네. 그런데 그게 상식선에서 납득하기 어려운 말씀이었는지라… 에… 사고께서 늑대들과 생활하셨다나, 뭐라나? 아, 오해는 하지 마시게! 사조께서는 알려진 바와 같이 기행을 일삼으실 뿐이지, 미쳤다는 건 아니야!"

늑대 '들' 과 함께 생활을 했다!

자고로 늑대란 사람 손을 탄다고 하여 절대 길들일 수 없는 동물이다. 또한 굳이 '들' 이라는 표현을 썼으니 늑대의 무리와 같이 지냈다는 뜻이다.

예의라고는 찾아보기 어렵고, 음식에 대한 집착, 그리고 자고 싶을 때 자고, 멋대로 행동하는 비규범성. 이로 미루어 본다면…….

늑대 '들' 이 은려를 키웠다는 이야기가 아닐까?

무영이 눈썹을 모으는데 은려가 고개도 들지 않고 물었다, 명부(冥府)의 음산함을 가득 담은 음성으로.

"정말로 먹지 못하게 할 거야?"

음산함이 뚝뚝 떨어질 정도로 차디찬 은려의 물음에 등골이 서늘해졌지만 여기서 물러날 수는 없는 노릇이라 무영이 주먹을 쥐었다.

강호에 나선 지 얼마 되지 않았지만, 그래서 경험을 논하기에는 짧은 시간이지만 이런 압박감은 처음이다.

"그렇소."

"그래……."

천천히 일어서며 은려가 스산하게 중얼거렸다.

"그럼 죽이고 먹는다."

고개를 치켜든 은려의 눈에서 광채가 일었다, 야생이라는 이름의 광체가.

"좋은 사람이라도."

파앗!

전광석화처럼 뻗어 나오는 칼!

검의 발출이 너무나 빨라서 눈으로는 도저히 좇을 수 없는 속도였지만 몸을 반 바퀴 회전해서 은려의 공격을 피한 무영이 오른발을 앞으로 한 걸음 내딛었다.

자신에게는 무기가 없는 상태. 거리를 줄여야만 한다.

"크아아!"

흡사 승냥이와도 같은 울음을 터뜨리며 은려가 칼을 휘두르자 엄청난 검기가 파생되며 대기를 난도질했다.

"헙!"

크게 놀란 무영이 뒤로 쭈욱 물러섰지만 공간 자체를 갈기갈기 찢어버릴 것만 같은 은려의 공격에 적이 당황하여 효과적인 맞대응을 하지 못했다.

"두 번이나 피했다."

칼을 늘어뜨린 은려가 약이 잔뜩 오른 늑대처럼 이빨을 드러냈다.

"정녕 이렇게 나올 거냐."

땅으로 향했던 검첨을 무영에게로 들어 올린 은려가 이를 갈아붙였다.

"더 이상 나를 막으면 다친다."

어찌 보면 기고만장이고, 어찌 보면 광오한 은려의 말에 무영이 턱을 들었다.

조금은 괴상한 인연이지만 어쨌든 자신은 사부, 그리고 은려는 제자. 더는 얕보일 수는 없는 노릇.

이참에 버릇을 고쳐야 한다.

"칼을 갈무리하지 않는다면 나도 부득불 손을 쓸 수밖에 없소이다."

"그래……."

검첨을 슬그머니 옆으로 이동시킨 은려가 탄력적으로 치고 나오며 외쳤다.

"그럼 죽어라!"

선인지로인가? 좌에서 우로 크게 베어 들어오는 수평의 검.

'아니, 절대 선인지로가 아니야.'

선인지로는 기수식의 일종이다. 비무시에 상대방을 존중하는 의미에서 수평으로 검을 천천히 쳐내는, 일종의 인사와도 같은 성격의 초식이다.

그래서 모든 검수들은 선인지로에 예리함이나 무거움, 기타의 공격적인 힘을 담지 않는 것을 원칙으로 한다.

하지만 은려의 선인지로는 달랐다. 일견 수평으로 평범하게 날아드는 것 같지만 검이 그려내는 궤적은 수면 위로 힘차게 도약하는 해돈(海豚:돌고래)처럼 펄떡거렸다.

그저 수평으로 가로지르는 검일 뿐인데.

'이건 변화다!'

그렇다. 은려의 검은 수평을 가로지는 것처럼 보이지만 실상 수직으로도 움직이면서 다가왔던 거다.

수평과 수직이 혼재된 변화 때문에 평범한 선인지로가 생동감을 가지게 된 것이다.

통상적으로 상하나 좌우로의 공격은 가능하지만 둘을 병행하기란 쉽지 않다.

또한 방어 역시 어려운 법이다.

'그렇지만 불가능하지는 않지.'

동엽풍이 선물한 철척을 꺼낸 무영이 검의 궤적을 유심히 주시하다 위에서 아래로 완전히 내려가는 순간 감싸 안듯 빙그르르 회전하면서 그것을 들이밀었다.

차창!

철척의 회전력과 검의 낙하 속도가 맞물리자 은려의 공세는 힘을 잃는 듯했지만 종과 횡의 연속적인 변환으로 무영이 그려내는 와선에서 탈출한 검세가 다시 기운을 얻었다.

"어딜!"

허공에 다섯 개의 원을 그려내며 무영이 검을 끌어당기자 종횡으로 심하게 요동치던 은려의 검기가 일순간 흔들렸다.

"크르르!"

어금니가 훤히 들여다보일 정도로 성질을 내며 은려가 검에 힘을 실었다.

우우웅!

부드러우면서도 유려한 변화를 보이던 검 끝에 이슬과도 같은 기운이 맺히자 그녀의 검세는 선인의 표표한 길[仙人之路]에서 벗어났다.

'기회!'

원래 변화가 그치는 시점은 빈틈이 생기는 법. 은려가 선인지로를 포기하며 신경질적으로 검세를 변동시키는 틈을 놓치지 않고 무영이 한 걸음 다가섰다.

쿡!

그저 일직선으로 내민 철척. 어떠한 변화도 주지 않았지만 검세를 거두어들이는 입장에서 피하거나 막기에 곤혹스러운 방위를 찔러 들어왔기에 당황한 은려가 기음을 토했다.

"캬핫!"

따— 앙!

불가능에 가까운 각도에서 뻗어 나온 칼날!

거의 동물적인 감각으로 뻗어 낸 은려의 검은 무영의 철척을 거세게 후려쳤다.

찌르르르!

손끝을 타고 올라오는 통증에 무영이 하마터면 철척을 놓칠 뻔했지만 이를 악물며 그가 뒤로 물러섰다.

장사(壯士). 힘이라면 누구에게도 꿇리지 않는다고 자부하는 주파랑이라도 혀를 내두를 정도로 은려의 이번 공격은 무지막지한 위력을 내포했기에 무영의 이마에서 식은땀 한 줄기가 떨어졌다.

'무슨 여인네가…….'

힘으로 여인네에게 밀렸다는 자괴감이 엄습했지만 무한산인의 말을 떠올리고 무영이 철척을 비스듬히 내렸다.

第六章
말괄야수 길들이기

늑대와 삶을 공유했던 여인. 거친 들판에서 야생의 논리로 하루하루를 연명했던 여인. 적자생존이라는 절대적인 명제 아래 오로지 생존을 위해서 싸웠던 여인.

그렇다. 은려는 여인이 아니다. 그녀는 사람이라기보다 야수에 가까운 존재다.

야수에게 암수 구분은 무의미하다.

오직 힘의 차이가 존재할 뿐.

"후우……."

길게 숨을 들이마신 무영이 슬그머니 옆으로 한 걸음 내딛었다.

야수. 길들지 않은, 그래서 사람과는 판이한 삶과 싸움으로 무장한 상대.

이런 존재는 어떻게 상대를 해야 할까?

'답은 하나!'

비쾌하게 치고 나오던 무영이 은려가 공세를 쳐 펴기도 전에 신형을 옆으로 이동시켰다.

"카아!"

짐승처럼 으르렁거리며 은려가 몸을 틀자 기다렸다는 듯 또다시 방향을 틀어버린 무영이 공수를 완전히 포기한 사람처럼 양팔을 축 내렸다.

"크르르르……."

마치 전의를 상실한 사람과도 같이 무방비 상태를 보이는 무영의 태도에 경계심을 보이며 그의 주위를 맴돌던 은려가 토끼를 누리는 늑대처럼 힘차게 도약했다.

"흣."

짧은 비웃음을 남기고 무영이 유려하게 방향을 틀자 은려의 공세는 무용지물이 되었다.

"카르릉……."

이제는 완전히 늑대로 화(化)한 은려가 어깨를 굽히고 화살처럼 튀어나오며 칼을 휘둘렀다.

팔방검산!

모든 방위가 흡사 검의 산으로 막혀 버리는 착각이 들 정도로 그녀의 공격은 위력적이었고, 또 상대의 방어를 무력화시킬 만큼 난폭했지만 결정적인 문제가 있었다.

"약았다! 부딪쳐서 싸우자!"

그렇다. 무영은 은려와 지근거리를 유지했지만 그녀의 공세에서 한 뼘 정도의 공간을 확보하고 움직였기에 검으로 둘러쳐진 여덟 개의 산에서 자유로웠던 거다.

스르륵—

돌돌 말아둔 비단이 한 번에 풀리듯 매끄러운 보법으로 은려를 농락하던 무영의 입가에 다시금 비웃음이 어렸다.

"훗."

"카악!"

자존심이 상했는지 은려가 미친 여자처럼 머리를 휘날리며 마구 검을 휘두르자 탁자며 의자, 그리고 방 안의 모든 집기들이 잘라 나갔다.

무영만 제외하고.

사실 웃고는 있지만 무영은 은려의 야성적인 공격에 적이 긴장한 상태였다.

"꿀꺽."

저도 모르게 목울대를 타고 흐르는 마른침. 단 한 번의 빈틈이라도 보인다면 늑대 여인에게 잘근잘근 씹힐 판이다.

그래서 억지로 비웃는 거다. 그래서 그가 고의적으로 성질을 건드리는 거다.

무영이 은려의 야성을 자극하여 본능에 의존한 공격에 의존하도록 유도하는 이유는 단 하나, 그녀가 이성적으로 사고하는 것을 방해하고자 함이다.

야성만으로도 이토록 무시무시한 공세를 퍼붓는데 만약 은려가 체계적인 검식을 그 위에 덧입힌다면 그녀는 훈련받은 맹수로 탈바꿈할 것이니까.

검제 백성선인에게 무엇을 얼마나 배웠는지 몰라도 사제지연을 맺었다 함은 어떤 식으로든 가르침을 받았다는 얘기.

야성과 더불어 검제의 가르침까지 발현된다면 그녀는 괴물로 변모할 터.

최단 시간 내에 승부를 봐야 한다!

우리에 갇힌 맹수처럼 격렬하게 날뛰는 은려에게서 한 걸음 물러선 무영이 생각을 정리하고 그녀에게 천천히 다가섰다.

승부는 간단하면서도 명료하게 날 것이다. 그녀에게 없고 자신에게 있는 것, 또는 자신에게는 없고 그녀에게 있는 것.

그것은 바로 궁신탄영을 이루기 위해 갈고 닦은 자신의 세련된 움직임, 혹은 전설적인 검도 고수, 검제의 고절한 수법으로 무장한 은려의 야성적인 몸놀림.

승리는 강점을 먼저 발현시키는 자가 가져갈 터.

'그렇다면!'

정신을 바짝 차린 무영이 은려의 옆으로 스치듯 빠지면서 자신의 심상을 손으로, 발로, 아니, 온몸으로 표현하기 시작했다.

맹수를 다독이는 사육사의 감정을 담아.

파앗!

용솟음치듯 솟구치던 그의 손이 은려의 지척에서 미모사처럼 움츠러들자 흠칫 긴장하던 그녀가 경직된 몸을 겨우 풀려는데 급작스레 다가선 무영의 눈이 번쩍 빛났다.

"카르릉!"

위협적인 외침을 토하는 은려를 마주하던 무영이 재차 손을 뻗자 그녀도 맞대응했지만 그는 야성의 응대를 슬그머니 무시했다.

'나는 당신을 해하려는 것이 아니야.'

진심을 담은 손짓.

'나는 그저 당신에 대해 조금 더 알고 싶을 뿐이야.'

마음에서 우러나는 몸짓.

'나는 단지 당신에게 조금 더 많은 이야기를 들려주고 싶어.'

스칠 듯 스칠 듯 너울너울 춤을 추며 은려의 주위를 맴돌던 무영이 양팔을 활짝 열었다.

하지만 계속 이를 드러낸다면 힘의 차이를 보여줄 수밖에!

그 어떤 위협보다 강력한 몸동작!

단순하면서도 간단한 무영의 몸짓에 넋이 나가 버린 은려가 뒤로 물러섰다.

무서워서일까? 두려워서일까?

그렇다면 무영의 마음은 은려에게 온전히 전달되었다는 건가?

은려의 눈에 드리웠던 야성의 빛깔이 걷히자 무영이 한숨을 내쉬었다.

그녀는 이제 흉성에 날뛰지 않을 테니까. 인간의 언어로 이야기하고 인간의 방식대로 소통할 테니까. 인간의 눈을 빌어 세상을 보고, 인간의 감성으로 판단할 테니까.

'가만?!'

인간의 감성으로 판단한다면 인간의 감성으로 행동할 테고, 그 결과는!

"아름다워……."

꿈결처럼 은려가 중얼거리자 무언가 단단히 잘못되었다고

생각한 무영이 몸을 굳히는데 그녀의 손이 쳐들려졌다.

우리에 갇힌 야수의 몸짓과는 전혀 다른 손짓. 잘 갈린 손톱처럼 매섭게 번뜩이던 검이었는데 지금의 그것은 세속의 모든 번민을 씻은 도인의 소매처럼 청정하게 펄럭거렸다.

그리고 그녀의 입이 꽃봉오리처럼 벌어졌다.

"검옥(劍獄)."

차창!

은려의 검 끝에서 파생된 검기가 낙엽처럼 하늘거리다 순식간에 무영의 주위로 몰려들었다.

검옥. 검의 경지를 논할 때 흔히 이야기하는 검기상인의 최후 단계이자 기로서 검을 다스린다는 이기어검의 초입.

전설처럼 전해지는 암향부동화의 개화는 화산 역사상 최고수라는 유성이 선보인 이래로 삼백 년간 한 번도 모습을 드러내지 않았으니 현존하는 최고의 단계는 누구나 이기어검으로 꼽는다.

그리고 이기어검의 초입이라는 검옥. 그 위력이 어떨지는 직접 견식할 필요도 없을 것이다.

눈으로는 도저히 그 형체를 알아차리기 어려운 검기로 상대를 둘러싼 후, 그것을 잡아당겨 적을 형체도 없이 찢어버리는 수법이 바로 검옥이다.

일단 발출되면 거두어 들일 수도 없을 뿐더러 대상으로 지목된 이는 절대로 살아남지 못한다 하여 필정참파식(必定斬破式)이라고 불리는 무시무시한 무학.

그 잔인함에 치를 떤 무림인들이 한때는 검옥 자체를 봉인해야 한다고 목청을 높였으나 오십 년 전, 화산제일검이자 무림오제 가운데 한 사람인 백성선인의 손을 빌어 구현되자 입을 닫았다고 했다.

백성선인은 충분히 존경받을 만한, 아니, 받고도 남을 정도로 훌륭한 인품을 지닌 무인이었으니까.

그리고 이제, 서른도 넘지 못한 여인의 손을 빌어 백성선인의 독문절기외도 같이 변해 버린 검옥이 오십 년이라는 세월을 격하고 화려하게 다시 모습을 드러내는 것이다.

'뭐지?!'

검옥을 모르는 무영이었지만 은려의 검에서 쏘아진 검기의 기세만으로도 섬뜩한 무엇이 느껴져 얼굴을 굳혔다.

스르르…….

눈에는 잡히지 않지만 강력한 무엇이 자신에게 접근한다는 것을 감지한 무영이 뒤로 물러서다 깜짝 놀랐다.

'무형이지만 느껴진다는 것은 검기를 일컬음이다. 그렇지만 이토록 뚜렷하게 느껴지는 검기라면?!'

검강!

그렇다. 은려의 검기는 이제 기의 수준을 넘어 쇠라도 잘라 버릴 강기로 진화한 것이다.

또한 그 말은 백성선인의 가르침을 그녀가 사용하기 시작했다는 의미.

은려로서는 최선이자 무영에게는 최악의 상황,

'야성에 검제의 가르침이 더해진다면 이 여인은…….'

괴물!

미친개는 몽둥이가 약이다. 그렇지만 훈련된 개를 상대하려면 몽둥이 가지고는 어림도 없다.

난감해진 정황. 아니, 난감한 정도가 아니라 더없이 절박해진 상태.

그렇다고 가만히 있다가는 은려가 발출하는 미지의 검기에 노출될 판이라 무영이 뒤로 물러서는데 그의 소매가 예리한 무엇에라도 베인 것처럼 잘렸다.

"……!"

무언가 위험한 상태라는 걸 감지한 무영이 몸을 빼려고 발꿈치에 힘을 주었다.

서걱—

아무것도 없는데 또다시 잘려 나가는 옷감. 이번에는 발목 부근이었다.

'무형검강?

언젠가 소노에게 들었다. 일정 경지에 이른 무인은 검기로서 상대를 포위할 수 있다고. 만약 시전자의 허락없이 벗어나려고 든다면 그가 쳐놓은 검기의 그물에 갈가리 찢겨 버린다고.

너무 잔인한 수법이 아니냐며 자신이 투덜거리자 소노는 이렇게 덧붙였다.

"원래 발출되면 거두어 들일 수도 없을 뿐더러 대상으로 지목된 이는 절대로 살아남지 못했는데 화산의 백성선인이 그나마 수발을 통제하는 수법을 찾아낸 것입니다. 참으로 무시무시한 무학이라고 할 수 있습지요."

소노의 말을 반추하며 무영은 자신에게 최악의 상황이 도래했음을 깨닫는데 검을 휘저으며 은려가 꽃봉오리와도 같은 입술을 벌렸다.

"포기해."

확실하다. 저 여인은 야성을 통제할 뿐 아니라 백성선인의 가르침을 받아 검기마저 자신의 뜻대로 움직이고 있다.

즉 자신은 은려가 쳐놓은 검기에 사로잡힌 부나방의 신세라는 말이다.

하지만 이대로 포기할 수는 없다. 이렇게 무릎을 꿇으려고 이 고생에 난리를 부린 것은 아니니까.

움찔.

무영이 오른쪽 어깨를 살짝 흔들자 그의 어깻죽지를 가린 천이 터지듯 찢어지면서 순식간에 너덜너덜해졌다.

그래도 포기를 할 수가 없어서 무영이 다시 몸을 뒤로 젖히는데 이번에는 웃옷 전체가 터져 나가서 흡사 그는 누더기를 걸친 비렁뱅이와도 같은 몰골이 되었다.

"한 번 더 반항하면……."

무영을 물끄러미 바라보며 은려가 입술을 달싹거렸다.

"그땐 정말로 죽어."

따악!

은려가 엄지와 중지를 마찰시켜 청명한 소리를 만들어내자 무영의 머리끈이 싹둑 끊어졌다.

어마어마한 위력, 그리고 감당하기 어려운 속도.

무언의 시위로 무영의 남은 반발심마저 잠재울 요량인 듯 은려의 마지막 한 수는 일견 멋들어졌지만 당하는 입장에서는 그 어떤 악몽보다 끔찍했다.

'이대로 끝인가?'

움직이면 죽는다. 반항해도 죽는다. 빛보다 빠른 속도로 반응을 한다고 해봐야 무영의 곁을 유령처럼 배회하는 무형의 칼날이 소리도 없이 다가와 그를 산산조각 낼 것이다.

때를 기다리는 죽음의 무희처럼.

'죽음의 무희?'

그렇다. 검기는 의지가 없는 무희라 하겠고, 은려는 그녀를 이끄는 연주자다.

한마디로 무희는 주위를 서성인다. 서성거린다 함은 아직 다다르지 않았다는 얘기. 다시 말해서 무희와 자신 사이에는 거리가 존재한다는 뜻이다.

그리고 거리는 바로 시간이다.

또한 시간은 바로…….

'기회!'

비록 찰나에 불과할지라도 기회가 있다는 것과 아예 주어지지 않는 것은 하늘과 땅 차이.

무영의 눈에서 어떤 의지가 엿보이자 여유롭던 은려의 얼굴에 한줄기 서릿발이 내려앉았다.

"결국 포기하지 못하겠다는 거지?"

알고 있다. 저 남자는 비록 사슴처럼 온화한 모습이지만 자신을 지키려 그들보다 몇 배는 커다란 맹수에게 이를 드러내던 어미 늑대처럼 무서움을 모른다는 것을.

한겨울 먹잇감이 희박해졌을 때, 며칠을 걸려 간신히 잡은 토끼를 자신과 형제들에게 내주고 눈을 씹어 먹던 어미.

그래, 저 사내는 어미 늑대와 같다. 첫 만남부터 느꼈던 익숙함의 정체가 바로 이것이었다.

그래서 친근하고 그래서 싫다.

어미는 단 하나뿐이니까.

또한 은려 자신도 포기할 수 없는 부분이 존재한다. 무영이 포기하지 못한다면 자신 또한 포기할 이유가 없다.

결국 힘이 센 자가 힘이 약한 자를 포기시켜야 한다. 힘이 센 자에게는 그럴 권리가 주어지는 법이다. 그리고 지금 은려는 그 누구에게도 지지 않을 힘이 있다.

어미 늑대를 잃고 맹수의 눈을 피해 숨어 다니던 자신이 아니란 말이다.

"크르르!"

어미 늑대의 비참한 최후가 떠오르자 은려가 이를 갈았다.

'음?

구름을 타고 하계에 내려온 선녀가 인세의 죄업을 목도하고 살심을 품는다면 저런 모습일까?

은려의 전신에서 폭발적으로 뿜어 나오는 살기는 너무나 짙어서 비릿한 혈향마저 동반하는 느낌이었다.

혈향. 피 냄새. 약육강식. 자연의 순리.

이 모두는 생존이라는 단어로 귀결되리라. 목숨을 부지하는 것도 생존이지만 자신의 가치를 지키는 일도 생존이다. 그리고 미래를 설계하는 것 또한.

순간 한없이 무겁던 마음이 거짓말처럼 편안해져서 무영의 입가에 미소가 어렸다.

자신과 은려는 생사의 대척점에 서 있다. 생존이라는 이름을 공유하고는 있지만 그 색채가 확연하게 달라서 도저히 같은 성질이라고 보기 어렵다.

하지만 결국 둘은 한 지점을 바라보고 있다.

이 모순이 마음의 짐을 송두리째 앗아가서 무영의 입가에 미소가 어렸다.

염화시중의 그것처럼 거창하지는 않지만 나름대로의 깨달음을 함유했기에 적당한 품위가 깃든 웃음. 그래서 진솔했고, 그래서 즐거웠던 거다.

'웃어?!'

어떻게 이런 상황에서 웃음이 나온단 말인가?

기가 막히고 약이 올라서 은려의 아미가 상큼 치솟아 올랐다. 가뜩이나 살심이 발동된 마당에 무영의 가식없는 미소는 그녀에게 최고의 가식으로 다가왔으니 이 또한 모순이리라.

움찔.

다시 한 번 무영이 몸을 움직이자 그의 어깨에 또 하나의 붉은 선이 아로새겨졌다.

아직은 죽일 마음까지는 없는지 은려는 검옥을 전진배치 하지 않았기에 그저 생채기가 나는 정도지만 만약 그녀가 독심을 품는다면 선 하나로 끝나지 않으리라.

하지만 이를 아는지 모르는지 무영은 또다시 상체를 움직였고 그 대가를 몸으로 치러야만 했다.

'멍청한.'

일견 무모한 무영의 반항을 목도하던 은려가 탄식을 흘렸다.

검옥은 완벽하다. 일단 걸려들면 죽음 또는 굴복이 전부인 공포의 강기그물이라는 말이다. 비록 익히느라 죽을 뻔했지만, 검옥은 그만한 값어치를 해주었다.

은려의 얼굴에 서서히 살심이 돋아날 무렵 무영의 머리는 빠르게 회전하고 있었다.

그는 그저 의미 없는 반항을 하고 있었던 것이 아니었다.

'넷, 모두 네 개라는 거지?'

아무리 천부적인 무골이라 해도 하늘에서 내공까지 내려주지는 않는 법.

은려가 비록 야성적인 재질을 지닌 무재라지만 그녀의 나이로 미루어 운용할 내력에는 한계가 있을 터.

그물? 처음부터 그물은 없었다. 몇 개의 빠른 무형검강이 무영의 주위를 맴돌았을 뿐.

위치와 개수만 파악한다면 무형검강을 피해내는 것도 꿈만은 아니라고 무영은 판단한 것이다.

'네 개, 그리고 위치는 전후좌우.'

전후좌우. 매우 통상적인 배치. 하지만 그렇기에 효과적으로 상대를 윽박지르는 구조.

'대단하군, 저 나이에 무려 네 개의 무형검강을 전후좌우로 포진시켜 운용할 수 있다니.'

은려의 천재적인 능력을 인정하는 무영이었지만 그는 조금도 위축되지 않았다.

은려는 은려다. 그리고 자신은 자신이다.

십 중 십을 확신하지는 못하겠지만 그녀의 공세를 무너뜨릴 수 있을지도 모른다.

아니, 반드시 무너뜨려야 한다.

조용히 숨을 들이켠 무영이 어깨를 바로 세우자 은려의 두 주먹에 힘이 들어갔다.

저자는 끝까지 가보자고 한다.

그리고 그 끝은…….

"죽어버려!"

바짝 독이 오른 은려가 앙칼진 교갈을 내지르며 손바닥을 쫙 폈다.

스르릉!

허공을 부유하던 죽음의 무희들이 그녀의 부름에 무영에게로 쇄도해 들어왔다.

형체도 없다. 기척도 없다. 그렇기에 무서운 거다.

알려진 공포는 더 이상 두려움을 주지 못하는 것처럼 검기라는 무희들이 펼치는 죽음의 군무는 실체가 없었기에 언제나 적을 굴복시킬 수 있었다.

네 개의 검강에 무방비로 노출된 무영.

'안됐네.'

처음으로 호감을 품었던 이성이기에 잠시 아쉬웠지만 은려는 눈을 지그시 감았다.

'검옥은 한 번도 기대를 저버린 적이 없었지.'

어미 늑대를 뼈만 빼고 먹어치운 호랑이를 도륙 낼 때도, 형제들을 습격하던 승냥이 떼를 찢어발길 때도, 검옥은 자신의 수족이 되어 완벽하게 뜻을 받들어 주었다.

'안녕.'

최소한의 예의라고 생각했을까.

펼쳤던 손가락들을 단숨에 접으며 은려가 뜻 모를 미소를 지었다.

팍!

쇄도하던 검기들이 은려의 마지막 명에 무영을 난자하려

달려들었다.

그리고 죽음의 군무를 감지한 무영의 전신 세포가 불컥불컥 숨을 내쉬는 순간, 날아들던 검강이 말을 걸었다.

—들리느냐?

'누… 구?'

다시 검강이 물었다.

—내가 보이느냐?

'대체 무슨……?'

그리고 사방이 까맣게 저물었다.

팍!

'여긴 어디…….'

초원일까? 산들바람이 콧속을 희롱하는 걸 보니 그럴지도 모르겠다.

산중턱일까? 온갖 산새들이 바삐 지저귀며 날갯짓을 하니 그럴 수도 있겠다.

아니, 이곳은 초원도, 산중턱도 아니었나 보다. 산들바람은 어느 결에 사라졌고, 새소리는 처음부터 들리지 않았던 것처럼 자취를 감추어 버린 것을 보니.

그렇다면 이곳은 어디일까?

의문이 들 법도 한데 어쩐지 편안해져서 무영이 어깨를 폈다.

어딘들 어떠랴. 중요한 것은 이곳에 자신이 있고 백발이 성성한 노인이 있다는 사실이거늘.

그런데…….

'노인?'

화들짝 놀란 무영이 고개를 쳐들었다.

'이게 어찌 된 일이지?'

조금 전까지 객방에서 은려와 생사를 다툰 싸움을 벌이던 중이었다. 식탐이라는 아주 사소한 이유로 시작된 언쟁은 점차 덩치를 키웠고 종국에는 돌이킬 수 없는 길로 접어든 것이다.

그런데…….

'여긴 어디야?'

그리고…….

'저 노인은 또 누구이고?'

당황한 무영이 주위를 두리번거렸다.

도저히 이 상황을 이해할 수도 없고, 받아들일 수도 없다.

'궁지에 몰리다 보니 내가…….'

미쳐 버리기라도 했나?

아니면 처음부터 꿈일지도 모른다. 은려와의 만남, 아니, 무림상합대제전이라는 괴상망측한 이름의 축제에 참가하기 위해서 섬서 땅을 밟은 사실 자체가 꿈일지도.

'그도 아니라면…….'

동굴에서 나와 야랑곡에 들어간 것이 꿈일지도. 아니, 벽씨세가는 아직도 건재하고 자신은 지금껏 쇠사슬에 묶여서 살아가는 처지인데 현실도피의 수단으로 일련의 꿈을 꾸는 걸지도.

'아, 아니야, 이건…….'

꿈이 아니야!

그렇다. 벽씨세가는 몰락했으며 자신은 동굴에서 칠 년간 수련을 마치고 야랑곡에 들어왔으며 제일차 무림상합대제전에 참여하기 위해서 섬서 땅을 밟았다가 은려를 만났다.

다시 말해서 은려와의 생사결은 절대로 꿈이 아니다. 또한 이름 모를 노인과 마주하는 지금의 상황 또한 꿈이 아니다.

꿀꺽!

상식선에서 이해하기 어려운 처지에 놓인지라 무영이 침을 삼키는데 바위에 걸터앉아 있던 노인이 몸을 일으켰다.

천천히.

마치 구름을 뚫고 솟아나는 일출처럼 몸을 일으킨 노인이 냉엄한 표정으로 자신을 굽어보자 무영이 퍼뜩 정신을 차렸다.

노인은… 특이했다.

첫인상은 그저 평범한 촌로와도 같았지만 구부정하던 허리를 펴니 천하에 다시없는 무인처럼 예리한 기세를 사방에 흩뿌렸다. 성성한 백발이 바람에 흩날리자 노인의 풍모는 마치 하계에 유배 온 신선의 그것이었다.

그 순간 무영은 거짓말처럼 노인의 정체를 깨달을 수 있었다.

이 사람은…….

'백성선인!'

천하를 독보한다는 오제 가운데 검을 가장 잘 쓴다는 천고제일의 검수!

화산이 배출한 삼대검수 가운데 한 사람이자 화산제일검

식이라는 암향부동화를 최초로 개화시킨 검호, 유성의 뒤를 이을 유일한 인물로 칭송받는 절대검객!

그리고 검집에서 칼을 꺼내며 백성선인이 눈으로 물었다.

준비되었느냐고.

'잠깐만! 이건 좀 이상하지 않습니까?'

싸움의 상대는 은려였고, 장소는 섬서의 객방이었다. 그런데 어딘지도 모를 곳으로 강제 이동되어 백성선인이라는 절대의 검객이 싸움을 걸어오다니.

'말이 안 되잖아!'

비현실 속의 현실.

비명이라도 지르고 싶었지만 목구멍이 무언가로 꽉 막혀버렸는지 아무리 애를 써도 소리가 나지 않는다. 그런 와중에도 노검수는 엄한 눈초리로 계속해서 묻는다.

준비되었느냐고.

'나더러 어쩌라는 겁니까?!'

심중안(心中眼). 현실 속의 말도 안 되는 비현실을 가져온 원인은 바로 심중안이라는 현상이다.

상승의 무공을 연마했거나 그 단계로 진입하는 무인이 어떤 무서, 무리, 또는 무학을 접했을 때, 그것을 형상화하여 자기 자신과 비교한다는 현상.

이것은 대단히 중요하고, 대단히 위험한 일이다.

이 단계를 성공적으로 벗어난다면 심중안에 든 무인은 큰 깨달음을 얻어 무학이 몇 단계 진보하게 되지만 일이 잘못되어 형상화한 객체를 이겨내지 못하면 내상을 입거나 심하면 주화입마에 걸려 폐인이 되기도 한다.

운공 중의 혈관 타통에 준한다는 위험도를 지닌 심중안.

이를 알 리 없는 무영이 혼란의 바다에서 헤어날 줄을 모르자 노검수가 칼을 들어 그를 똑바로 겨누었다.

간다.

'자, 잠깐!'

서걱—

뭐가 어떻게 되었을까?

찰나지간에 열여섯 등분으로 나뉜 자신의 몸을 본다면 누구라도 어처구니없을 것이다.

고통도 없이.

그리고 처음처럼 혼란의 바다에서 헤어날 줄을 모르는 무영에게 노검수가 칼을 겨누었다.

간다.

'자, 잠깐!'

서걱—

열여섯 등분으로 나뉜 몸.

다시 혼란의 바다에서 헤어날 줄…….

"그만."

목청이 텄을까? 한마디 툭 내뱉은 무영이 백성선인만큼이나 시린 눈으로 전방을 응시했다.

"장난은 이쯤에서 거두시지요."

무영이 담담한 어조로 중얼거리자 백성선인이 의외라는 표정으로 고개를 갸웃거렸다.

사실 심중안에서 상대의 용모파기나 음성, 또는 표정을 읽는다는 건 불가능하다. 대전의 상대는 어디까지나 상상이 만들어낸 소산에 불과하니까.

그렇지만 무영에게는 자신이 설정한 상대, 즉 백성선인의 음성뿐 아니라 표정까지 각인되었다.

일반적인 경우에는 결코 발현되지 않는 현상. 이는 무영의 특수한 능력, 즉, 공감각 때문에 발생하는 상황이었다.

심중안이라는 특수 상황임을 인지할 수는 없었지만 그의 공감각은 비현실 속에 깃든 현실에 즉각 반응하여 주인이 처한 현실을 최대한 친절하게 설명해 주고 있었다.

백성선인이 의외라는 반응은 잠자고 있던 무영의 투지를 불러일으키기에 충분했고, 그는 백발이 성성한 노검수를 똑바로 보며 손목을 슬쩍 틀었다.

우두둑—

"무음, 무형의 검강. 정말이지, 무섭더군요."

번쩍!

백성선인의 눈에서 기광이 쏟아져 나오자 주먹을 말아 쥔 무영이 볼에 세 가닥 선을 그려냈다.

"제자가 그럴진대 사부의 그것은 더욱 무섭겠지요?"

무영의 도발에 백성선인이 검을 비스듬히 밑으로 내렸다.

일견 공격을 포기한 모습. 그러나 무영은 본능적으로 알 수 있었다. 저 모양새야말로 검을 순간적으로 쳐내는데 가장 효율적인 형태라는 것을.

—제법 말은 잘하는구나.

마음으로 전달되는 백성선인의 음성, 아니, 무영이 마음대로 만들어낸 허구일지도.

다른 건 중요하지 않다. 지금 이 순간 무영이 창조된 백성선인은 은려 이상의 검강을 뿌려댈 것이다.

피하든가, 파괴하든가, 둘 중 하나다!

무영의 결심을 읽었는지 백성선인이 조소에 가까운 미소를 지으며 축 늘어뜨린 손에 힘을 주었다.

'음?'

아니, 어깨다. 어깨의 근육이 한 차례 출렁였다. 이는 곧 검을 들어 올린다는 징조.

그의 예상대로 백성선인이 검을 들어 올리는데 이미 무영은 다른 곳을 보고 있었다.

'손목에 집중되는 힘. 기운을 모은다는 건가?'

보인다!

백성선인의 움직임에서 그의 향후 행동이 거짓말처럼 읽혀진다!

스걱—

어떠한 소음이나 형체도 없었지만 손목의 움직임에 따라 만들어진 네 줄기의 검강이 무영에게 날아들었다.

'왼쪽으로 세 차례, 오른쪽으로 한 차례.'

팍!

신기루처럼 꺼지듯, 또는 솟아나듯 모습을 드러내는 색색의 군상들.

'빠르다, 하지만!'

넷 가운데 가장 뚜렷한 색상을 지닌 오른편의 하나로 다가선 무영이 그 위치를 점했다.

푸스스—

옅어지다 못해 그대로 사그라지는 색상, 또는 형태.

이를 확인할 사이도 없이 빙글 몸을 돌린 무영이 왼편 셋 가운데 가장 빛을 발하는 군상부터 순서대로 발을 담갔다.

마치 어린아이들이 금을 긋고 외발로 통통 뛰어노는, 그런 장난 같은 행동.

그러나 그는 과도한 심력을 사용하는 탓에 코에서 연신 피가 흐르고 있었다.

팍!

마지막의 색상을 지우고 기진맥진한 무영이 무너지려는 무릎에 힘을 실었다.

"됐습니까?"

자신의 무형검강이 모조리 파훼당했음에도 백성선인의 표정은 한가로웠다.

"됐습니까?"

무영이 재차 물었지만 미동조차 없이 검끝을 내려다보던 백성선인이 검을 들어서 그의 뒤를 가리켰다.

—가라.

"예?"

가리니, 대체 어디로?

—이제 되었으니.

"무엇이 되었다는 겁니까?"

백성선인의 종잡을 수 없는 말에 무영이 물었지만 그는 천천히 등을 돌릴 뿐이었다.

—우리는 다시 만나리니.

"선인!"

무영이 애타게 그를 불렀으나 백성선인의 모습은 점점 열어져만 갔다.

팍!

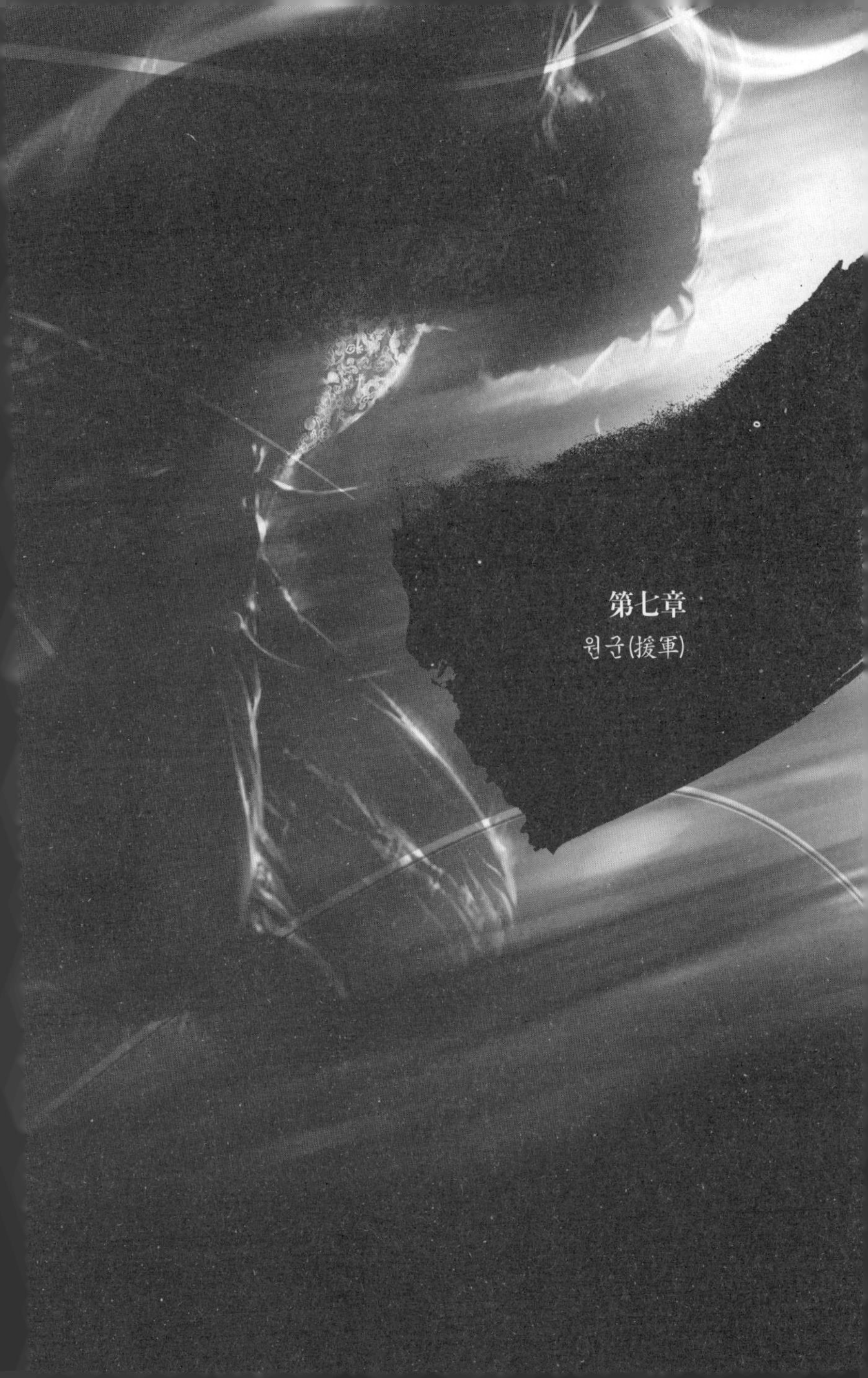

第七章

원군(援軍)

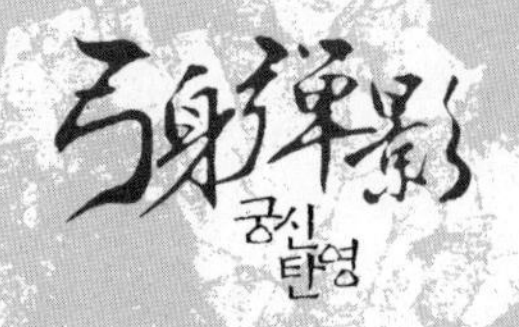

눈이 부시다. 눈이 멀 정도로 부시다. 백만 개의 촛불이 일시에 켜지면 이럴까?

'이곳은?'

엎어진 탁자. 산산이 깨진 접시들. 여기저기 나뒹구는 음식물까지.

그리고 은려. 서늘한 표정으로 자신을 바라보는, 또는 굽어보는 야성의 여인.

이곳은 방이다. 객방이다. 백성선인과의 비현실적인 싸움을 마치자마자 무지비한 현실로 추방되어 버렸다.

숨 돌릴 틈도 없이.

'좋아, 다 좋은데 지금 무엇을 하고 있었더라?'

생각할 겨를도 없이 느껴지는 서늘한 네 개의 기운!

'무형검강!'

그제야 은려와의 싸움이 진행형이라는 것을 떠올리고 무영이 반사적으로 주먹을 쥐었다.

하지만 문제다. 백선선인과의 싸움에서 상대의 미세 움직임으로 다음 동작을 예측할 수 있게 되었다지만 은려는 무형검강을 이미 발사한 후라는 거다.

임기응변으로 승부해야 한다!

그리고 방법은 하나.

'내게 발은 없다.'

그렇다. 무영의 다짐처럼 그에게는 발을 놀릴 시간 따위는 주어지지 않을 터.

오로지 상체의 움직임만으로 무형검강을 상대해야만 한다.

순간 불컥불컥 숨을 내쉬는 무영의 세포들이 언젠가의 오후를 기억해 내었고, 어떤 사람의 초상을 그려내었으며, 그의 몸놀림을 거울처럼 반사해냈다.

낭인들의 넋이라 불리는 한 사내의 움직임을.

콰과곽!

소리는 들리지 않았다. 형체도 보이지 않았다. 그렇지만 무영에게 은려가 방출한 검옥은 그 어떤 소음보다 시끄럽게, 그 어떤 존재보다 거대하게 다가왔다.

귀와 눈을 마비시킬 정도로.

그래서 무영은 듣지 않고 보지도 않았다.

콱!

동시다발적인 공격처럼 보이지만 시간적으로 완벽한 일치는 존재할 수 없는 법.

처음 떨어져 내린 검강이 무영을 관통해 버릴 기세로 파고들었지만 그는 이미 그 자리에 없었다.

없었다? 아니, 무영은 그 자리에 있었다. 다만 그의 상체가 뒤로 젖혀졌을 뿐.

처음의 공세가 무영의 배를 스치고 지나가자마자 다른 하나의 검강이 그를 집어삼킬 기세로 달려들었지만 그저 허리를 펴는 것만으로 공격을 피한 무영에게 세 번째와 네 번째의 기세가 날아들었다.

말 그대로 거의 동시에,

그리고 은려의 시야에서 무영이 사라졌다.

"……!"

상식적으로 눈앞에 존재하던 이가 모습을 감춘다는 것은 말이 안 된다.

일반인보다 몇 배는 눈썰미가 좋은 무림인의 시야에서 순간적으로 사라진다는 건 더더욱 불가능하다.

거기다 야성적인 감각까지 지닌 은려의 눈을 파한다는 건?

'뭐, 뭐야?'

당황한 은려가 앞으로 나서는데 그녀의 면전으로 무영이 불쑥 모습을 드러냈다.

세상에서 가장 비열한 거짓말처럼.

아무리 담대하고 아무리 야성적인 감각을 자랑하는 은려라고 해도 무영의 기습적인 등장에는 놀라지 않을 도리가 없었다.

'흡!'

몸이 굳어진 은려가 저도 모르게 어깨를 움츠렸다.

검옥이 깨졌다. 언제나 자신을 지켜주던 노인네의 마술이 순순히 깨져 버렸다.

패배. 어떤 이유인지 몰라도 졌다.

패배는 곧 죽음이다.

죽는 거다.

무영이 손을 뻗고 은려가 질끈 눈을 감았다.

죽일 것이다. 이런 귀신같은 움직임을 지닌 사내라면 단숨에 자신의 숨통을 끊어버릴 거다.

승리한 이에게는 모든 걸 취할 자격이 있다.

목숨마저도.

그리고 눈을 감은 은려의 귓전으로 무영의 혼잣말이 들려왔다.

"이것이었나……."

시선은 전방을, 정확하게 말해서 자신을 향하고 있었지만 초점이 없다.

그리고 보니 자신의 어깨를 움켜쥔 손에도 매가리라고는 찾아보기 어렵다.

"뭐, 뭐야?"

어쩐지 거북해서 은려가 몸을 빼는데 무영이 몽유병자처럼 계속 중얼거렸다.

"두 번째의 단초가 끼워졌어. 우연처럼, 필연처럼."

생사를 다투다 보니 순간적으로 실성이라도 할 걸까?

은려의 표정이 점점 일그러지는데 무영의 입에서 뜻밖의 명호가 튀어나왔다.

"고마워야겠… 지요, 백성성인 어르신?"

쿵!

"우리 사부를 알아?"

깜짝 놀란 은려가 묻자 그녀에게서 손을 뗀 무영이 담담하게 웃었다.

"아마도 아는가 보오. 아니면 알고 싶었거나."

뭔가 애매모호한 말이었지만 어쨌든 아는 거라고 판단해버린 은려가 뚱한 얼굴로 무영을 보다 고개를 돌렸다.

"내가 졌어."

"그건 중요치 않소."

정말이다. 무영에게 승패 따위는 중요하지 않았다.

낭백 야무흔의 입식 수비법을 온전히 제 것으로 만들었고, 덤으로 백성선인을 통해 깨달은 관찰력까지 얻었으니 이기고 지는 것 따위가 무에 중요할까?

하지만 은려의 입장은 달랐다.

그녀에게 패배는 곧 죽음. 승리자는 모든 걸 가지는 존재다.

또한 승리자는 사부를 안다고 했다.

사부. 이 세상에서 자신을 있는 그대로 받아들인 단 한 사람. 비록 무섭고 이상하지만, 그래서 비위를 맞추기 어려웠지만, 그래서 매일 도망갈 궁리만 했지만…….

이렇게 헤어지고 나니 보고픈 사람.

잠시 백성선인을 떠올린 은려가 무영 모르게 눈물을 훔치고 애써 태연하게 말했다.

"아니야. 나는 중요해."

"그다지 중요하지……."

"중요하다고!"

대들 듯 소리치며 은려가 무영에게 다가섰다.

"어어……."

은려의 접근에 무영이 연신 뒤로 물러서다 벽에 가로막혀 옴짝달싹하지 못하는 처지에 이르렀지만 그녀의 전진은 멈출 줄을 몰랐다.

"아보시오, 소저……."

"중요하단 말이야."

무영의 면전에 이른 은려가 그의 얼굴에 자신의 머리를 들이밀었다.

"조, 좋소. 중요하오. 중요하니까……."

얼굴을 뒤로 젖히며 무영이 식은땀을 흘리는데 은려가 빠르게 중얼거렸다.

"내가 뭘 해야 하지?"

*　　*　　*

그날 저녁, 일군의 사람들이 무영과 은려가 머무는 객잔으로 슬며들 듯 들어섰다.

인원은 총 세 명, 일남이녀로 구성된 인물들은 급한 걸음을 한 탓인지 피곤해 보였다.

가장 먼저 들어서던 이십대 초중반의 처녀가 은려를 발견하고 깜짝 놀라며 '소설 언니는……' 하며 말꼬리를 흐리자 무영이 그런 게 아니라며 양손을 내저었지만 곱상한 아가씨의 표정은 여전히 어두웠다.

이어 들어온 삼십대 초반의 미녀는 은려를 발견하고 엄지를 불쑥 추켜올려 무영이 고개를 저었다.

마지막으로 모습을 드러낸 문사 차림의 사내는 입꼬리를 말아 올리며 난처해하는 그의 어깨를 정확히 세 번 두드렸다.

그렇다. 이들은 무영의 급박한 청을 받고 야랑곡에서 급하게 달려온 벽산산, 설미, 그리고 임학이었다.

무영과 은려가 어떤 관계인지는 상관이 없는, 그저 놀려먹는 데만 충실한 설미와 임학의 공격이 한 차례 지나간 뒤, 무영은 이들에게 은려와의, 더 정확하게 말해서 무한산인과의 계약을 설명하자 세 사람의 눈에 기광이 감돌았다.

"그러니까 지금 무영 공자께서 화산파의 장로와 거래를 하셨다는 거지요?"

은려가 차를 따라 임학에게 건네며 묻자 무영이 무거운 표정으로 고개를 끄덕였다.

"이것 참, 기절초풍할 일이로군. 평소라면 그림자조차 대하기 어렵다는 대화산의 장로와 일개 강호초출의 무인이 거래씩이나 하다니?"

그냥 명령만 내리시면 될 것을, 하며 임학이 비꼬자 그의 뒤틀림이 어디에서 연원되었는지 잘 알기에 무영이 은근하지만 강한 어조로 말을 받았다.

"또한 이 무영과 거래를 했다는 것은 대화산과 우리 낭인곡간의 거래와 다를 바 없지요."

"화산파와……."

"…야랑곡의 거래?"

은려와 임학이 의자에서 등을 떼고 정자세를 취하자 무영이 빙긋 웃었다.

"그렇습니다. 구파일방 가운데 검 한 자루로 천하를 오시한다는 명문 중의 명문 화산파와 늘 찬밥 신세였던 낭인들의 모임, 우리 야랑곡간의 계약이 성사된 것입니다."

"대가는?"

"차후 청구."

"백지 전표?"

"그렇습니다."

백지 전표. 말 그대로 받은 이가 마음대로 액수를 정한다는 것이니 바꾸어 얘기하면 주는 쪽의 무한 책임을 의미한다. 그리고 화산파에 이런 빚을 안겨둔다면 무영과 야랑곡으로서는 그 무엇보다 커다란 무형의 자산을 가지게 된다.

화산의 약속. 이 말이 가지는 의미를 모를 무인은 없을 테니.

"이것 봐라……."

임학이 턱을 긁으며 흥미를 보이다 설미에게 귓속말을 던졌다.

"재고 말고 할 것도 없이 물어야겠는데?"

"당연하지요."

설미가 주먹을 쥐며 일어섰다.

"그럼 우리가 무엇을 해야 하나요? 이 아리따운 아가씨를 교육시키라고요?"

설미의 질문에 무영이 고개를 끄덕였다.

일단 성공이다.

모름지기 교육처럼 지난한 작업이 없다.

배우려는 이의 의지도 중요하지만 가르치는 사람의 열정이 없으면 진도를 뽑기 어려운 것이 교육인데 교육자들의 열기에 몸이 데일 정도이니 이 얼마나 훌륭한 징조인가?

"일단 산산, 너는 명문세가 여식들의 예의범절을 맡아다오. 그 어떤 세가보다 확실한 교육을 받았을 테니… 아아, 길게 말할 것 없이 우리 벽씨세가에서 받은 교육 그대로만 전해라."

"알겠어요."

야무지게 고개를 끄덕이며 벽산산이 손을 들자 이번에는 설미를 보며 무영이 입을 열었다.

"설미 소저께서는 은려 소저에게 무림의 여인, 그러니까 무림에서 여인의 몸으로 살아가는 요령 따위를 일러주셨으면 합니다. 그리고……."

말을 끌던 무영이 묘한 미소를 지었다.

"세 분께서는 또 다른, 어쩌면 가장 중요한 일을 하나씩 담당해 주셔야 할 것 같습니다."

"가장 중요한 일?"

"나중에 말씀드리지요, 나중에."

무영이 발을 빼자 설미의 미간이 좁혀졌지만 곧 그녀는 주름을 풀어야만 했다.

이렇게 큰 건수를 물어온 동료의 의뭉 정도는 받아줘야 한다고 생각했으니까.

"염려 말아요."

"마지막으로 조요신룡께서는 백 년 전부터 현재까지의 무림 정세, 그리고 화산파의 위치와 역할, 육문육가와 오파일방의 관계를 비롯한 무림의 전반적인 상황을 가르쳐 주십시오."

"기한은?"

임학의 질문에 무영이 잘라 말했다.

"보름."

"보름은 너무 짧은……."

"타협의 여지는 없습니다. 무조건 보름. 그 안에 은려 소저의 머리를 열어서 정보를 때려 박든, 하루 종일 뒤따라 다니면서 각인을 시키든, 방법은 자유, 무조건 보름 내로 끝내셔야 합니다. 아, 아니다."

세 사람에게 몸을 돌린 무영이 고개를 살짝 숙였다.

"대단히 죄송한 말이지만 세 분 모두 방금 전의 제 말은 무시하시고 기한을 하루 정도 단축해 주시면 고맙겠습니다."

"중요하다는 '그 일' 때문인가요?"

대답없이 무영이 희미하게 웃자 설미도 잔잔한 미소를 피워 물었다.

정말로, 방화정 곡주의 예상처럼…….

"이 사내가 침체일로의 야랑곡에 활력을 불어넣어 줄까?"

마음속 한구석에서 작은 불씨가 피어난 설미가 마치 사내처럼 자기 가슴을 두드렸다.

"걱정할 것 없어요. 비록 이 사람이 실없는 바보지만 이런 중대사에는 없던 힘도 발휘할 테니."

"아니, 왜 내 대사를 가로채는 거야? 그리고 내가 언제부터 실없는 바보라는 거야? 나처럼 중후한 문사가 어디에 있다고?"

"중후라는 놈이 모조리 죽었나 보네?"

"그런데 이 여자가?"

설미와 임학이 티격거리자 슬그머니 일어선 무영이 문을 닫았다.

"그럼 내일부터 시작합시다. 이 집 술 맛이 꽤나 괜찮다고 해서 조요신룡께 한잔 대접하려고 했는데 사랑싸움에 골몰하시니 방법이 없군요."

"아니, 아니! 술 먹읍시다!"

급하게 무영을 따라나서는 임학을 보며 벽산산이 조그맣게 웃자 설미가 양팔을 치켜들었다.

"하여간 남자들이란……."

*　　*　　*

보름이라는 시간은 생각보다 짧았다. 쏜살처럼 빨리 지나갔기에 어떤 이들에겐 덧없을지도 몰랐지만 다른 이들에게는 십오 년보다도 소중한 의미가 되었다.

"그럼 일단 나랑 벽 소저는 야랑곡으로 귀환하겠어요."

대단한 무언가를 성취한 이의 얼굴. 설미의 뿌듯한 미소는 그녀의 곁에 서 있는 벽산산의 그것과 같아서 무영이 아낌없는 감사의 말을 보냈다.

"난 주정뱅이 파락호와 만나기로 했으니 나중에 대회장에서 봅시다."

임학도 짧은 인사말을 남기고 표표히 사라지자 보름 전처럼 객방에는 두 사람만이 남았다.

떠나가는 이를 눈으로 배웅한 무영이 몸을 돌렸다.

그리고 떠오르는 미소. 어떤 의미가 담겼는지 몰라도 그의 웃음은 꽤나 의미심장했다.

"이번 무림상합대제전의 가장 큰 변수는……."

팔짱을 끼고 바삐 오가는 행인들을 내려다보며 무영이 나지막이 중얼거렸다.

"…누구도 예상하지 못한 곳에서 튀어나올 것이다."

* * *

섬서의 안강은 역사적으로도 특이사항이 별로 없었고, 그렇다고 교역의 요충지도 아니었을 뿐더러, 무엇보다 사람들의 시선을 끌 만한 명소도 없어서 세인들의 관심을 받아보지 못한 곳이었다.

그렇게 존재감 없던 인강이 제일차 무림상합대제전의 개최지로 확정되자 단숨에 유명세를 타게 되었고, 유명세만큼이나 많은 이들이 며칠 전부터 운집했다.

오죽하면 현지인들의 입에서 마을 사람들보다 외지인이 더 많다고들 할까.

그렇지만 현지인들은 자신들보다 많은 외지인들에게 입도 뻥끗하지 못했다.

외지인들은 허리춤에, 그리고 등에 큼지막한 병장기를 두른 무림인들이었으니까.

물론 객잔이나 식당을 운영하는 이들은 때 아닌 특수를 누려 입이 귀에 걸렸다.

기본적으로 무림인들은 먹성이 좋고, 손이 커서 일단 많이 시키고 남기며, 식대 이상의 돈을 지불했다.

잠자리 역시 마찬가지라서 누가 어디에 묵었네, 하는 소문이 돌면 아무리 비싼 값을 치르더라도 그보다 좋은 객잔, 좋은 시설을 고집했기에 객잔 주인은 방을 잘 꾸미기만 하면 저절로 돈이 벌렸다.

오죽하면 객잔 주인들 사이에서 매년 이런 행사가 개최되었으면 좋겠다는 말이 공공연하게 돌겠는가?

그렇게 북적거리는 장내에 일남일녀가 발을 들였다.

사내는 훤칠한 키에 말끔한 용모를 자랑해서 길을 걷던 여인네들의 탄성을 이끌어냈다.

그리고 여인은 망사로 얼굴을 가렸지만 맵시 있는 차림새와 훌륭한 몸매만으로도 사내들의 눈길을 끌기에 충분했다.

물론 사내는 무영, 그리고 여인은 은려였다.

"인산인해로군."

혼잣말을 하며 주위를 살피던 무영이 삼삼오오 모여서 토론을 하는 이들을 주시했다.

승, 도, 속, 각개각층의 사람들.

승려끼리, 도인끼리, 일반 무인들끼리 모인 부류, 승려와 도사, 그리고 일반 무인까지 모여서 머리를 맞대고 담소하는 부류, 아무튼 무림에 적을 둔 모든 이들이 모인 형태라서 무영은 육문육가의 힘을 새삼 실감해야만 했다.

"음? 저기?"

그들 가운데서 낯익은 얼굴을 발견한 무영이 눈을 빛냈다.

일군의 도인들 사이에서 열띤 토론을 벌이는 검수. 오계명성 가운데 무당을 대표하는 무당의 태봉이 자신을 응시하는 시선을 의식하고 고개를 들었다.

"당신은… 그……."

"무영이요. 이렇게 다시 뵙는구려."

"맞아, 무영. 그 화산의 괴상망측한 직함을 자랑하던."

피식 웃으며 태봉이 나지막이 속삭이자 도인들이 헛웃음을 터뜨렸다.

"아하, 저 친구가 화산의 괴상한 직책을 달았다는 그 사내인가?"

"직함이 뭐였다고 했지?"

"형적… 전?"

"푸하하하하! 형적전이래, 형적전! 저런 명칭 들어본 적이 있나?"

"소제는 난생 처음 듣습니다그려. 핫핫핫핫!"

박장대소를 터뜨리는 도인들은 일견 가벼워 보였지만 이들을 업신여길 강호인은 아무도 없었다.

이들이야말로 무당의 신성들이라는 무당오검이었으니까.

평균 나이는 비록 삼십대 초반이지만 이들의 무공 실력은 어지간한 문파의 장로급이었다.

무엇보다 다섯 젊은이의 연수합격은 실로 놀라운 위력을 지녔기에 무림인들은 '오검이 뭉치면 천지가 개벽한다' 며 이들을 두려워한다.

"가만, 대단하신 형적전주 옆의 아리따운 분은 뉘신가?"

"호오, 그 대단하신 형적전주의 옆자리를 지킬 정도로구먼!"

이번에는 희롱의 대상을 은려로 옮긴 무당오검이 키득거렸지만 태봉은 말릴 생각이 없는지 이들의 행동을 우두커니 지켜볼 뿐이었다.

'첫 번째 시험인가?'

평소대로라면 이들의 망동에 곧바로 반응을 보였을 은려의 야성을 익히 알기에 무영도 무당오검을 제지하지 않았다.

이 정도의 외적인 자극조차 견디지 못한다면 지난 보름은 무의미한 것이 될 테니까.

계속되는 조롱, 희롱.

그리고…….

놀랍게도 은려는 미동조차 보이지 않았다.

눈썹 한번 꿈틀거리지 않았으며, 어금니를 지그시 물지도 않았다. 마치 지나가던 똥개의 울부짖음에 하품하는 시골 촌로마냥 여유로움을 보이기까지 했다.

두 사람의 무반응에 당황했을까?

그렇게 한참을 조롱하던 무당오검이 두 사람의 무덤덤한 태도에 살짝 인상을 찌푸렸다.

어쩐지 창피한 일을 했다는 자괴감.

명색이 육가와 더불어 무림을 양분한다는 육문에서도 소림과 쌍벽을 이룬다는 무당의 제자로서 방금 전의 행동은 분명 몰상식한 행동이었기에 수치심이 밀려왔던 거다.

무엇보다 희롱당한 이가 아무런 반응을 보이지 않았기에 창피함이 몇 배나 증폭되어서 얼른 이 자리를 뜨고 싶었지만 그 또한 여의치 않았다.

이미 장내의 모든 이들은 이들의 일거수일투족을 주시하고 있었으니까.

그리고 당황하면 사람들을 종종 무리수를 두게 된다.

지금처럼.

"형적전주, 형적전주 하더니 꽤나 거만하군, 친구?"

"그러게 말입니다. 화산에서 한 자리 차지했다고 아주 세상을 품에 안은 듯한데요?"

두 명의 도인이 앞으로 나섰다. 이들은 무당오검 가운데 나이가 가장 어린 태중과 태만이었는데 아직 혈기가 들끓는 이십대라서 분노 조절이 잘 안 되는 모양이었다.

아니, 분노와 수치심을 구별하지 못한다는 것이 더 정확한 표현이겠지만.

두 사람이 거칠게 나오자 무영이 반사적으로 은려를 막아섰다.

여기서 은려의 흉성이 폭발한다면 지난 보름은 도로 아미타불이 되어버리니까.

비록 은려가 벽산산, 그리고 설미와 임학의 가르침으로 늑대의 이빨을 숨기는 법을 배웠다지만 아직은 실험 단계다.

더 이상의 자극은 피해야 한다.

"오해가 있나 본데 우리는 그저 길을 가던 것뿐이오. 귀하들과의 어떠한 마찰도 원하지 않소."

무영이 한발 뒤로 물러섰다. 성격대로라면 이들에게 하늘 위의 하늘을 보여주고 싶었지만 오늘은 아니라고 판단했기 때문이다.

그러나 이 반응은 자신들의 수치심을 감추려는 태중과 태만에게 호재로 다가왔다.

일단 무영을 비겁자로 밀어붙이면 무당오검의 행위가 정당성을 찾으리라 판단했던 거다.

"오해? 무슨 오해? 우리의 말을 싸그리 무시해 놓고 무슨 오해 타령이라는 건가?"

"그렇습니다. 이자는 화산의 허명을 이용해서 우리 무당의 권위를 제 발아래 놓았습니다."

"잘 말했다, 사제. 비록 우리 무당과 화산의 같은 육문이라지만 이런 방자한 태도는 용납하기 어렵다."

"맞습니다. 이대로 넘어갈 수 없지요. 묵과하면 안 됩니다."

적반하장이라는 말이 딱 어울리는 상황. 이들의 어처구니없는 시비에 무영의 얼굴에도 찬 서리가 내려앉았다.

"끝까지 이렇게 나올 것이요?"

"오호라, 이제 한번 해보겠다는 생각이 들었나?"

무영의 시린 응대에 쾌재를 부르며 태중이 가슴을 펴자 태만이 썩 나섰다.

"우도할계(牛刀割鷄)! 어찌 닭 잡는 데 소 잡는 칼을 쓰려고 하십니까! 이런 자는 사형의 손을 빌릴 것도 없이 제가 훈계하도록 하지요!"

호기롭게 걸음을 뗀 태만이 무영의 앞에 딱 버티고 섰다.

"나는 무당오검의 막내, 태만이라고 한다. 비록 우리 무당과 화산의 친분이 두텁다고는 하나 사문을 욕보이는 행위까지 좌시할 수는 없지. 귀하는 자신을 방어할 수단을 들라."

명백한 비무 요청. 이 정도로 나온다면 물러설 수 없는 법이지만 무영은 무던히도 참았다.

그러나 가는 말까지 고울 수는 없었다.

무영은 무영이니까.

"다시 말하지만 우리는 귀하들과 소란을 일으킬 생각이 없소. 오늘 일은 불문에 부칠 것이니 갈 길이나 열어주시구려."

"오늘 일을 불문에 부쳐?! 그 오늘 일이 무엇인데?!"

도둑이 제 발 저리다고 했던가? 무영의 말에 태중이 분기탱천하여 소리를 지르자 태만이 그를 말렸다.

"아서요, 사형. 이자의 방자한 혀는 소제가 손을 볼 테니 잠시만 참으세요."

손을 휘휘 저은 태만이 재차 병장기를 꺼내라고 요구했지만 무영은 떠가는 구름을 바라볼 뿐이었다.

정말이지, 성격대로라면…….

이런 무영의 태도는 태만의 가슴에 불을 질렀고, 무당오검의 막내는 참을성이 별로 없었다.

"건방진! 화는 네가 자초했으니 나를 원망하지 마라!"

그가 대노하며 쾌속하게 앞으로 나섰다.

검로의 진중함은 아직 일천하지만 쾌속함만으로는 무당오검 가운데 최고라는 태만의 검술.

그러나 무영에는 그의 재빠른 움직임이 도명[太慢]처럼 느리게 다가왔다.

느리게 다가왔다? 아니다. 태만의 동작은 객관적으로 느리지 않았다. 느릴 수가 없는 속도였다.

단지 그의 모든 동작이 무영에게는 하나하나 끊어져 보였기에 더없이 느리게 느껴졌던 거다.

무영에게로 달려들던 태만이 검을 뽑으려 왼쪽 허리춤에 손을 가져갔다.

'허리를 오른쪽으로 트는군. 곧 오른손을 들어 올리겠지. 왼쪽 허리춤으로 이동한 오른손은 검 자루를 틀어쥘 테고.'

무영의 짐작 그대로 검을 잡은 태만이 그것을 힘차게 내쳤다.

물론 무영은 그마저도 예상을 했지만.

'허리가 제자리로 돌아오는 순간 오른손은 사선으로 허공을 가르며 검을 쳐낼 거야.'

무영이 자신의 동작을 낱낱이 파악하는지도 모르고 용맹하게 검을 쏘아내며 태만이 천지가 떠내려갈 듯한 소리를 질렀다.

"하룻강아지 같은 놈! 어디 받아라!"

버럭 소리를 지르며 태만이 쾌속하게 검을 쳐내자 웅성거리던 주변인들이 외마디 비명을 질렀다.

무당오검의 막내가 비록 나이는 어렸지만 검은 예리했고, 빨랐으며, 무엇보다 무영은 무방비였으니까.

그들의 눈에는.

슥—

날아오는 검첨을 눈으로 좇던 무영이 지척까지 검이 이르자 반응을 보이기 위해서 손을 들어 올렸다.

그때…….

텁—

태만의 검첨은 누군가의 엄지와 중지에 간단히 제압당했다.

너무도 허무하게.

'음?'

자신이 손의 주인이 아니었기에 놀란 무영, 그리고 자신만만했던 검로가 가볍게 차단된 것을 이해할 수 없었던 태만이 동시에 손의 주인을 눈으로 좇았다.

"볼썽사납게 뭐하는 거지?"

태만의 검을 막아선 이는 놀랍게도 여인이었다.

그녀는…….

'호령?'

여인은 오계명성 가운데 사내대장부의 기개마저 엿보이던 공동의 호령이었다.

가볍게 눈살을 찌푸리던 호령이 거머쥐었던 검첨을 털어내듯 놓자 뒤로 몇 걸음 비척비척 물러서던 태만이 이를 갈아붙였다.

"호, 호령 사저께서 나설 일은 아니……."

"태만, 지금 무당의 이름을 업고 내게 토를 달겠다는 것인가?"

호령의 엄한 질책에 태만의 입이 비죽 튀어나왔지만 그의 반항은 거기까지가 전부였다.

호령의 괄괄한 성격은 그 역시 익히 알고 있으니까. 그리고 태만을 위시한 무당오검이 합심해서 달려들어도 필승을 장담하기 어려울 정도로 호령의 검술은 깊었고.

"태봉, 실망스럽군. 사제들이 경거망동하면 말려야지. 그대로 지켜만 보고 있었다는 거야?"

태봉과 호령은 나이가 같았다. 심지어 배분마저 꼭 같아서 둘은 평대하는 처지였다.

지강도 이들과 나이, 그리고 배분이 같았지만 도문과 불문이라는 차이 때문인지 둘에게 말을 놓거나 하지는 않았다.

"공동에서는 사제들의 행동을 일일이 간섭하나 보군. 우리 무당은 생각보다 자유로워서 그렇지 않다."

태봉의 날선 반응에 호령의 눈썹이 역팔자를 그렸으나 그녀는 곧 표정을 풀고 무영에게로 시선을 옮겼다.

"어떤 일인지 모르지만 같은 육문끼리의 충돌은 보기 언짢네요."

그녀의 말에 주위 사람들이 웅성거리기 시작했는데 주된 내용이 무영과 은려가 봉변을 당했다는 사실이었기에 호령의 인상이 다시 굳어졌다.

"멍청한……."

곁눈으로 무당오검을 쓸어보며 호령이 이를 갈다가 무영에게 어색한 포권을 보냈다.

"만약 이들이 부당한 행동을 했다 치더라도 형적전주께서 너른 마음으로 양해해 주길 바라요. 그래도 우리는 같은 육문……."

"풉!"

형적전주라는 단어가 튀어나오자 또다시 무당오검들이 실소를 머금었지만 곧 호령의 엄한 눈길에 웃음을 거두었다.

"아무튼 양해하시고 가던 길을 가……."

사태를 수습하려고 그녀답지 않게 말은 말을 소화하던 호령이 무영의 뒤에 서 있는 누군가를 발견하고 이채를 띄웠다.

"그럼."

무영과 은려가 대수롭지 않은 표정으로 등을 돌리자 태만이 주먹을 쥐어 그의 등에 흔들었다.

"오늘 운 좋은 줄 알아라. 호령 사저만 나타나지 않았더라면."

"내가 나타나지 않았더라면, 뭐? 형적전주를 반으로 갈라서 무당하고 화산이 영원히 척이라도 지겠다는 거야?"

호령의 꾸중에도 태만은 물러서지 않았다.

"못 질 것도 없지요. 말이 좋아 육문이지, 비겁자들 주제에."

"태만!"

참다못한 호령이 버럭 소리치자 자라목이 되어버린 태만이 뒤로 물러섰다.

"숙소로 가서 대기해. 사저로서의 명이다."

호령이 끊어 명하자 불만 어린 눈으로 그녀를 응시하던 무당오검이 털레털레 걸음을 옮겼다.

그들이 장내에서 완전히 사라지고 구경꾼마저 자리를 비우자 호령이 혀를 끌끌 찼다.

"사단이라도 났으면 어쩌려고 그렇게 상황을 방치한 거야?"

"뭔 일이 났으면 야성의 그녀, 가 나섰겠지. 지강 형마저 압박하던 놀라운 검술 솜씨를 뽐내면서."

"그걸 변명이라고……."

야성의 그녀, 물론 은려를 일컬음이다.

태봉의 무책임한 대답에 어처구니없는 표정으로 한숨을 쉬던 호령이 고개를 끄덕였다.

화산을 제외한 오문이 백 년 전의 그 사건부터 암암리에 화산을 경원시하는 형편이니까. 특히 무당은 도문의 수치라며 화산을 노골적으로 멀리하는 터.

무당의 제자가 화산을 싫어함은 당연한 일이 아니겠는가.

"좋게, 좋게 넘어가자고. 미우나 고우나 화산은 우리 육문이잖아?"

"우리 육문?! 에휴, 말을 말아야지."

주먹을 부르르 떨던 태봉이 고개를 돌리자 화난 친구 어르듯 호령이 그의 어깨를 두드렸다.

"무림상합대제전이 내일 모레야. 거기서 우리끼리 얼굴 붉히면 누가 좋아하겠어?"

"흥!"

팔짱을 낀 태봉이 거대한 콧방귀를 날렸지만 호령이 말에 더는 반박하지 않았다. 그녀의 말마따나 육문 간의 분쟁은 육가를 도와주는 격이니까.

"그런데 형적전주라는 사내 말인데……."

"아, 그 멀대?"

"뭐, 멀대라고 치고……."

호령이 자못 흥미로운 표정을 지으며 방금 전의 상황을 반추했다.

"그저 멀대는 아니더라."

"그저 멀대는 아니다? 멀대에 종류라도 있다는 건가?"

"아까 보지 못했어? 태만의 검을 눈 하나 깜빡이지 않고 마주하던 모습?"

"그거야 놀라서 피할 겨를이 없었으니……."

순간 호령이 태봉의 면전으로 주먹을 내질렀다.

꿈뻑!

반사적으로 눈을 감았던 태봉이 지척에 이른 호령의 주먹을 치우며 투덜거렸다.

"뭐하는 건가, 선머슴같이?"

"그런 소리는 하도 들어서 귀에 딱지 앉을 판이야. 그건 그렇고 이제 알겠어?"

"뭘?"

"눈 감았잖아?"

"그야 경계하지 않았으니… 아니, 그럼 지금 내 반응을 가지고 그 얼간이를 추켜올리겠다는 소리인가?"

"아니, 추켜올리겠다는 것보다……."

어깨를 으쓱이며 호령이 입술을 비틀었다.

"태만의 검이 너무 빨라서 형적전주가 피할 사이도 없었다 치더라도 눈을 깜빡이려는 본능을 억누른 것만은 확실해."

"흐음……."

호령의 설명은 일리가 있었기에 태봉이 턱을 쓰다듬었다.

"적어도 그냥 멀대는 아니라는 거지. 무척 담대하단 말이야."

"담대하다, 그래, 담대하다는 건 좋지만 만용은 종종 화를 부르지."

"만용?"

"힘의 차이를 생각하지도 않고 엉겨 붙으려 든다면 낭패를 볼 거란 소리다. 특히나 무림상합대제전 같은 커다란 행사에서는 더더욱."

태봉의 예리한 지적에 호령도 고개를 끄덕였다. 무림은 기개만으로 어찌해 볼 곳이 아니니까.

"그래도 나는 기개 하나는 높게 쳐주고 싶어. 남자는 일단 씩씩해야 하잖아?"

"많이 높게 쳐줘라. 난 관심 없다."

태봉이 딱 잘라 말했지만 호령은 어쩐지 흥미진진한 얼굴로 무영이 사라진 방향을 계속 좇았다.

"저자는 비록 약골이지만 사내야. 기생오라비 같은 얼굴을 하고 어쭙잖은 화권수퇴로 여자나 꾀려는 속물들과는 달리 진짜라고."

"근거가 단지 눈을 깜빡이지 않아서라는 거야?"

태봉이 어처구니없다는 표정으로 고소 짓자 호령의 얼굴에 곤혹스러운 빛이 일렁였다.

"말로 표현하기 어렵지만……."

"어렵지만?"

"저자는 태만의 검에 손해를 보지 않았을 것 같아."

"태만이 비록 나이는 어리지만 제법 빠른 손을 가진 무인이라는 사실을 잊은 게야? 거기다 잘나신 형적전주 나리는 속수무책이었다고!"

"그래서 말로 표현하기 어렵다고 했잖아."

"궤변이로군. 억측이야. 너답지 않다고."

"알아."

호령이 무영의 등을 보며 고개를 갸웃거렸다.

"그런데 그랬을 것 같아."

호령의 말대로 싸움이 진행되었더라면 태만의 검은 허공을 갈랐을 것이고, 무영은 반보도 움직이지 않고 그를 제압해 버렸을 것이다.

완벽한 동체 시력, 그것을 기반으로 발을 전혀 놀리지 않고 단지 허리의 움직임만으로 대부분의 공세를 피하는 능력.

은려와의 사투 중에 우연처럼 다가온 심중안, 그리고 백성 선인이라는 가상의 벽을 뛰어넘으며 습득한 깨달음인데 이것으로 낭백 야무흔의 독문 수비식까지 함께 얻었으니 그야말로 일석이조가 아닐 수 없었다.

아니, 무영은 모르지만 사실은 일석삼조라 하겠다.

동체 시력과 허리의 움직임은 궁신탄영을 완성시키는 두 번째의 열쇠였으니까.

그렇다면 남은 하나는?

第八章

조여 오는 그림자

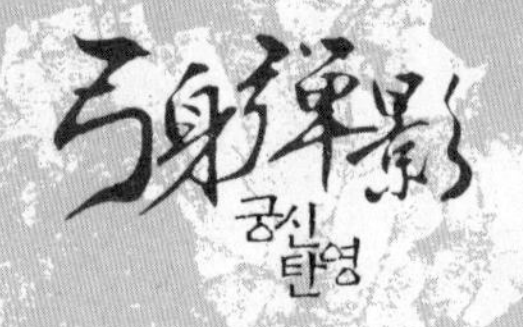

무림상합대제전 개최 당일, 대회장은 관계자와 구경꾼들이 몰려들어 발 디딜 틈도 없을 정도였다.

항상 으르렁대기만 하던 육문과 육가가 무림의 안녕과 평화를 위해서 공동으로 잔치를 연다, 라는 허울 좋은 명분만으로 사람들이 이토록 많은 관심을 보인 것은 아니다.

군웅은 그저 놀고 싶었던 거다.

조금 더 안전하게, 조금 더 편안한 마음으로 무림이라는 대지에서 자신의 기량을 뽐내고, 웃고, 떠들고 싶었을 뿐이다.

남의 짐이나 호위하며, 또는 타인의 가게를 지켜주고 하루 벌어서 하루 사는 하급 무인부터 강호에서 행세깨나 한다는 명문 무가의 식솔들까지.

저마다 짊어진 삶의 무게에 금방이라도 무릎이 꺾일 것만 같은 이들이 한번이라도 마음껏 소리 질러 보고파서 각처에서 모여들었던 거다.

육문과 육가라면 자신들의 응석을 받아줄 거라는, 그런 막연한 기대를 품고.

'이런 대답을 받아도 되나?'

머쓱한 표정으로 화려한 의자에 앉아 있던 무영이 피식 웃었다. 놀랍게도 그는 귀빈석을 배정받았기에 야무흔이 건넨 초대장 따윈 필요가 없었다.

물론 이유는 화산의 형적전주라는 직함 때문이었다.

자리가 좋긴 좋다.

"그 참 물어볼 것이 많은데……."

무영의 옆자리에 앉아서 혼잣말을 중얼거리던 무한산인이 뒷자리의 누군가를 바라보다 콧잔등에 주름을 잡았다.

그곳엔 은려가 자리했다. 아니, 은려는 은려였지만 더 이상 그가 알던 은려가 아닌 전혀 다른 존재가 앉아 있었다.

단 보름 만에 사람이 바뀐 것이다.

"이보게, 어찌 그런 단시일 만에 사람이 바뀔 수……."

궁금함을 이기지 못하고 무한산인이 끝내 입을 여는데 문사건 차림새의 사내와 중년의 승려가 대회장으로 들어서자 사람들이 술렁이기 시작했다.

사내는 천가의 총관으로 유명한 막동직이었고, 승려는 소림의 집법당을 책임지는 정법 스님이었다. 그리고 이들은 제일차 무림상합대제전의 공동 책임자로 임명된 인물들이다.

육문의 대표, 그리고 육가의 대표가 처음으로 한자리에 선 것이니 어찌 흥분되지 않을 수 있을까?

간단한 인사를 나눈 두 사람이 구름처럼 몰려든 군웅에게 시선을 던졌다. 구름, 아니, 구름이라기보다 벌 떼라는 표현이 어울릴 정도로 옹기종기 모여든 인파.

"잘해 보도록 합시다."

"그래야지요, 아미타불."

막동직이 환하게 웃자 정법도 그닥지 않은 염화시중의 미소를 지었다.

천년 소림의 법과 질서를 담당하는 위치라서 평소에는 언제나 굳은 표정으로 경내를 활보해서 '석불' 이라는 별칭으로 불리는 정법의 웃음은 놀라운 일이라 소림의 젊은 승려들이 쑤군덕거렸지만 그는 개의치 않는 눈치였다.

사정은 천가의 식솔들도 마찬가지라서 깐깐하기 그지없는 막동직의 아침햇살과도 같은 미소는 영 어색하게 다가와 그들도 그들대로 쑥덕거리기 바빴다.

"대사께서는 평소에 호랑이보다 엄하셨나 보오. 단지 웃음만으로 저 많은 스님들이 놀라시다니요."

"자리가 자리이니만큼. 그보다 총관께서도 저만큼이나 인기가 없으셨나 봅니다, 아미타불."

두 사람이 또 한 번 빙그레 웃고는 곧 표정을 바로 하자 웅성거리던 군웅이 목소리를 낮추었다.

"무림 동도 여러분, 그간 별고 없으셨습니까?"

정법의 물음 아닌 물음에 군웅이 커다란 목소리로 대답하자 이번에는 막동직이 나섰다.

"원래 우리 무인들은 하루를 평생처럼 사는 존재들이 아니겠소이까? 그렇지만 오늘은 하루가, 아니, 오늘부터 열흘간은 열흘을 열흘만큼 살아도 될 것이오."

이른바 휴전 선언. 막동직은 육문과 육가의 이름으로 무림상합대제전이 벌어지는 열흘간을 크고 작은 다툼이 없는, 그런 평화 기간으로 공표한 거다.

군웅이 박수를 치고 발을 구르며 환호작약하자 그들을 진정시킨 정법이 목청을 돋우어 외쳤다.

"그럼 지금으로부터 육가, 그리고 육문의 이름으로 제일차 무림상합대제전이 시작됨을 선포하겠소이다!"

"우와아아아!!"

대지가 출렁일 정도로 커다란 함성과 환호. 첨예한 대치를 거듭하던 육문과 육가가 처음으로 마음을 맞댄 무림의 대연회가 펼쳐지는 순간이었다.

강호의 통합, 화합을 기치로 내건 무림상합대제전이라지만 염연히 이곳에도 서열은 존재했다.

일단 육문과 육가의 장로급 이상은 갑(甲)으로 분류하여 대제전에서 제공하는 모든 편의, 가령 식사와 음료, 그리고 최상의 잠자리를 제공받았으며 대회장의 출입 또한 자유로웠다.

결정적으로 이들에겐 일반인의 출입이 통제되는 객잔과 찻집, 그리고 객방을 비롯한 편의시설이 제공된다.

그리고 육문과 육가에는 뒤지지만 무림에서 힘깨나 쓴다는 중대 문파, 예를 들어서 남궁 세가를 위시한 오대세가, 그리고 북해의 빙궁이나 기타의 문파 사람들은 을(乙)로 분류되어 갑보다 조금 처지는 혜택을 누리는 데 만족해야 했다.

마지막으로 주최 측에서 발송한 초대장을 소지한 이들은 병(丙)으로 분류되어 이들은 아침과 저녁 식사, 그리고 잠자리만 지원되었으며 나머지, 즉, 술이나 안주 따위는 본인 부담으로 사서 먹어야만 했다.

이러한 대접에 초대장을 가진 이들의 반응은 두 부류로 나뉘었다.

첫 번째는 대제전에 초대를 받았다는 자체만으로 만족하는 사람들이었다. 그들은 참가 자체에 의의를 둔 부류라서 그저 육문과 육가 사람들을 지근거리에서 구경하는 것에 열광하는 사람들이었다.

두 번째 부류는 차별에 불만을 품었으나 드러낼 수는 없어서 끼리끼리 모여 구시렁대는 것에 만족했다.

그들에게 육문과 육가는 감히 넘볼 수 없는 벽이었으니까.

하지만 다람쥐의 꼬리처럼 자꾸만 자라나는 불만은 어쩔 도리가 없었고, 그것은 점차 부피를 키워 나갔다.

약자라고 명명된 이들의 가슴 깊은 곳에.

무림대제전을 주관하는 건물의 심층부, 일반인뿐 아니라 어지간한 명함을 들이밀어도 출입이 통제되는 심처.

바로 육가의 수장이자 천하에서 가장 강력한 힘을 지녔다는 천가의 가주, 천가휘가 머무는 숙소였다.

외관적으로는 단 한 사람의 경비도 없어서 일견 허술해 보이지만 아는 사람은 안다.

일권, 일장으로 침입자를 즉시에 격살시킬 수많은 은잠자들이 이곳을 겹겹이 둘러싸고 있다는 것을.

이토록 위험한 곳에 노인 하나가 모습을 드러냈다. 그는 이곳의 위험도를 아는지 모르는지 태연하게, 또는 한가하게 주위를 둘러보며 천가주가 머무는 별채에 들어섰다.

별채의 숙소에는 중년의 남자가 창밖을 응시하고 있었다.

가만히 미소 짓는 것만으로 상대방의 굴종을 이끌어내는 사내. 사자와도 같은 위용을 전신에 두르고, 만인을 압박시킬 눈빛으로 주위를 굽어보는 중년인.

별채의 문이 열리는 소리에 사내가 천천히 들어섰다.

"오시었소, 문태상."

"문태상이 가주님을 뵈오."

그렇다. 사내는 실질적인 무림제일인이자 무림오제 가운데 한 사람인 천가휘였다.

창을 통해 작은 폭포를 지켜보던 천가휘가 돌아서자 매부리코를 자랑하는 강퍅한 인상의 노인, 문태상이 인사를 마치고 손을 저으며 구시렁거렸다.

"참으로 거창한 행사를 벌이셨습니다. 아주 그냥 사람에 치어서 죽을 뻔했으니."

문태상이 투덜거리자 피식 웃으며 자리를 권한 천가휘가 탁자에 마주 앉았다.

"백년지대계의 일환으로 생각하시고 넓은 마음으로 양해하시구려. 무림인들이란 잔치를 좋아하니까."

"잔치요……."

"다들 놀고 싶어 하지 않소이까? 팍팍한 인생, 이렇게 숨통 한 번 튀어주면서 우리 천가의 위용을 보여준다면 우리 세가에 대한 충성도는 더욱 공고해질 것이오."

"무태모는 나약한 발상이라고 할 텐데요."

당근보다 채찍을 우선시하는, 무림인들이란 기본적으로 약자에게 강하고 강자에게 설설 기는 족속이라서 힘으로 찍어 누르면 알아서 복속할 거라는 의견을 주창하는 무태모는 처음부터 무림상합대제전을 반대했던 터였다.

"무태모의 의견도 일리가 있소이다, 무림이란 힘을 기반으로 구축된 대지니까. 하지만 당근으로 해결될 문제라면 굳이 채찍을 꺼내 들 이유는 없다는 것이 내 판단이라오."

천가휘의 담담한 설명에 문태상이 눈알을 굴렸다.

'역시 가주는 차원이 다른 그릇이로다. 내 지금껏 세 분의 가주를 모셨지만 천가휘 가주만큼 도량이 넓은 분은 보지 못했어. 거기다 지략과 힘을 고루 겸비한 인재가 아닌가?'

문태상의 생각을 아는지 모르는지 천가휘는 자신의 의견을 계속해서 피력했다.

"어차피 우리 세가의 대계를 이루려면 피치 못할 충돌은 불가피. 무림과 우리의 피해는 최소화하는 편이 낫소."

천가휘는 일반적인 범주에서 비추어 볼 때 영웅이라 부르긴 어려운 인물이다.

그렇지만 이 정도의 상식을 지녔다면 최소 효웅이라 칭할 수 있지 않을까.

눈을 내리감고 생각하던 천가휘가 문득 생각난 듯 입을 열었다.

"그래, 종씨세가에 갔던 일은 어찌 되시었소? 뭐든 알아낸 것이 있소?"

"아아, 그게……."

말을 끌던 문태상이 복잡한 표정을 짓자 천가휘가 적이 놀람을 표시했다.

문태상이 누구던가? 천가에서 배출한 최고의 모사가 바로 그가 아닌가?

치밀한 관찰, 거기서 비롯된 정밀한 분석, 그것을 바탕으로 내린 판단은 실로 놀라워서 어지간한 사건 정도는 보고를 받는 것만으로 그 자리에서 풀어낼 정도였다.

그 정도로도 두려울 만한 인물인데 문태상은 두 사람의 특급 참모의 보필까지 받는다.

신산오뇌 가운데 쌍뇌(雙腦)라고 불렸던 둘이 그들인데 좌뇌 해중경은 숫자에 강하며 매사를 논리적으로 분석하고, 우뇌 해상경은 해중경의 추론을 받아들여 전체를 조망하는 역할을 담당한다.

마지막으로 인간의 한계를 뛰어넘는 능력. 일명 심연을 바라보는 여섯 개의 눈동자[深淵六珠]라는 특수한 능력까지 가지고 있기에 그가 나서면 못 풀 문제가 없었거늘.

"현장을 방문하지 않았소?"

"갔지요."

"그런데도 범인의 육관조차 잡지 못했다는 거요?"

"윤곽 따위는 의미 없습니다. 범인의 정체를 밝히는 것이야말로 제 일이지요."

어지간히 자존심 상한 듯 문태상이 인상을 구겼다.

"윤곽이야 잡았지요. 그런데 그게 무슨 의미겠습니까?"

툴툴대며 문태상이 종씨세가의 뒷산에서 얻은 추론들을 설명하기 시작했다.

"종씨세가의 장자, 신주십기 가운데 장으로 산을 쌓는다는 마뇌 남중훈, 불괴뇌동, 거기다 우리 세가에서 교육을 받은 철혈백팔위… 그 보두를 죽이고 표표히 모습을 감춘 범인이 고작 오십 명 정도라?"

"그렇습니다. 흔적을 지워보겠다고 제 딴에는 애를 썼지만 귀신이 아닌 이상 들고 난 자국까지 지울 수는 없었지요. 불괴뇌동을 비롯한 종씨세가의 주력을 도륙 낸 놈들은 많아야 육십 이하, 적게는 오십 명 정도로 추정됩니다."

종려광에 관해서는 전혀 언급하지 않는 문태상의 사무적

인 보고에 천가휘가 인상을 찌푸렸다.

비록 위치는 천지 차이라고 하지만 육가 소속 장자가 살해당한 일인데 오로지 사건에만 치중하는 문태상의 냉정함이 조금은 거슬렸던 것이다.

"장자를 잃은 종가주의 상실감이 크겠군. 애도의 말은 전했소?"

문태상이 고개를 끄덕이자 천가휘가 다시 사건에 몰입했다.

정이란 밑 빠진 독과 같아서 한번 주기 시작하면 한도 끝도 없는 법이다. 적당한 선에서, 약간 아쉬운 정도로 베풀어줘야 아랫사람들이 따른다.

무엇이든 과하면 좋지 않다는 걸 칠 년 전의 어느 날 깨닫지 않았던가.

'암, 과하면 좋지 않지.'

마음을 다잡은 천가휘가 눈을 빛냈다.

"그렇다면 문태상께서는 마뇌와 불괴뇌동, 그리고 철혈백팔위를 상대할 자들, 그것도 단지 오십 인으로 이루어진, 그런 존재들을 상정해 보시었소?"

"예, 그것이 문제였습니다."

카랑카랑한 목소리로 문태상이 질문에 답했다.

"다른 점은 차지하고 우선 사건의 발단, 즉, 동기에 관해서 생각해 보았습니다. 마뇌와 불괴뇌동, 철혈백팔위는 종씨세가 전력의 육 할 이상일진대 그들을 제거함으로서 범인은 무엇을 얻었을까… 아무리 생각해도 답이 나오지 않았습지요."

말을 끊은 문태상이 빠르게 중얼거렸다.

"종가 장자의 시신을 보기 전까지는."

"장자의 시신? 시신이 어땠기에?"

"눈 주위를 우그러뜨리고, 혀 뽑아내고, 고환 터뜨리고, 손과 발까지 망가뜨린 상태였지요. 파괴, 철저한 말살. 그리고 배에 창까지 꼽아서 마무리 지었습니다. 정말이지, 그토록 처참한 방법으로 살해당한 시신은 본 적이 없었지요."

"그 말은?"

"시신이 훼손되었다는 종씨세가의 보고는 잘못된 것이었다, 이 말씀입니다. 즉, 종가의 장자는 살아 있는 상태에서 그와 같은 고통을 받았다는 것입지요. 뭐, 창은 아닌 걸로 보이지만."

"그 말인즉슨 원한 관계에 의한 살인?"

"뼈에 사무칠 정도로 지독한 한을 엿보았습지요. 수많은 시신을 만져 봤지만 그토록 독살스럽게 할퀴고 간 시체는 처음 접했습니다. 끔찍했어요."

"어쩐지 즐기는 것 같소이다?"

천가휘의 말을 긍정도, 그렇다고 부정도 하지 않고 문태상은 이야기를 이어갔다.

"분명 원한에 의한 살인이었습니다. 그런데 뭔가 이상하다는 것이지요. 앞뒤가 맞지 않아요. 생각해 보십시오. 범행 현장은 종씨세가의 뒷산, 즉 앞마당이나 다름없는 장소였습니다. 한마디로 범인들에게는 불리한 지형이었다, 이 말이지요."

종씨세가는 육가 가운데 약체에 속하지만 그래도 무시 못할 세력이다. 무시하지 못할 정도가 아니라 육문이 아니라면 감히 넘볼 생각조차 품을 수 없는 세가다.

그런 종씨세가의 앞마당에서 세가의 장자를 살해한다?

"당연히 우발적인 상황이었을 겁니다. 계획에 의한 범행이라면 적어도 그 장소를 택할 리는 없지요. 그런데 여기서 또 하나의 의문이 발생합니다."

"또 하나의 의문?"

"놀라지 마십시오. 심연을 들여다 본 결과 뇌동과 철혈백팔위가 연합했더라면 승패는 뒤바뀌었을 겁니다. 무슨 말인지 아시겠습니까?"

"둘 가운데 하나가 나중에 도착한다는 거요?"

천가휘의 물음에 문태상이 하얀 웃음을 베어 물었다.

"그 반대입니다. 살인자들은 처음에 소수였습지요. 싸움의 중후반에, 소수의 힘이 부칠 무렵 다수의 조력자가 등장했습니다. 만약 그들이 오지 않았더라면 살인자들은 종가의 장자에게 붙잡혔거나 그 자리에서 죽임을 당했겠지요."

천가휘로서는 문태상의 추론이 얼마나 정확한지 알 리가 없었지만 매부리코의 노인은 마치 무영이 벽산산을 구하던 그날 그 자리에 있던 사람처럼 당시를 구술하고 있었다.

"이해하기 어렵군. 그렇다면 조력자가 오기 전에 뇌동과 철혈백팔위로서 살인자들을 제압하면 됐을 텐데?"

"그 점은 저도 모르겠습니다. 한 가지 우려스러운 가정은……."

뭔가를 떠올리듯 숨을 멈추었던 문태상이 고개를 갸우뚱거렸다.

"그 자리에는 종가의 장자뿐 아니라 마뇌가 있었습니다. 마뇌 남중훈, 들어본 적은 있으시겠지요?"

"마뇌 남중훈이라면 십 년 전, 강남 일대를 공포의 도가니로 몰아넣었던 신산오뇌(神算五腦) 가운데 하나이니 내 어찌 그자를 모르겠소? 그런데 마뇌가 신분을 숨기고 종씨세가에 몸을 의탁하고 있었다니. 종가주도 내가 숨기는 것이 솔찮은 모양이로군."

천가휘가 가볍게 투덜거리자 문태상의 눈이 번쩍 빛을 발했다.

"제가 심었습니다."

"그게 무슨……."

"제가 마뇌를 종가에 심어두었다는 말입지요."

"난 전혀 몰랐는데?"

"언젠가부터 종씨세가가 마치 사천의 종주처럼 행동하고 있습지요, 가소롭게도."

그 시기는 어떤 세가가 몰락한 직후부터일 것이다.

몰락한 세가, 그리고 해당 세가주와 천가주의 관계를 떠올리며 문태상이 눈을 감았다.

"저는 말입니다……. 혹여라도 칠 년 전의 악몽이 반복되면 안 된다고 생각합니다."

쿠쿵!

천가에서 천가휘에게 이런 직언을 거리낌 없이 할 수 있는 사람은 오직 문태상과 무태모일 것이다.

또한 문태상의 충정을 모르는 바가 아니기에 천가휘도 애써 분노를 삭여야만 했다.

하지만 아프다. 벌써 칠 년이나 지나서 이제는 아물 법도 한데 그날의 상처는 당최 봉합될 줄 모른다.

"흠……."

터져 나오는 한숨을 가느다랗게 뽑아낸 천가휘가 양팔을 탁자에 올려 깍지를 꼈다.

'감상에 빠져들고 싶은가? 그렇다면 사람이 최대로 적은

경우를 택하라.'

마음을 다잡은 천가휘가 문태상을 똑바로 응시했다.

"신산오뇌 가운데 쌍뇌만을 포섭한 줄 알았는데 혹시 전부를 거둔 것이오?"

"그건 중요치 않습니다. 지금 눈여겨볼 것인 그 자리에 신산오뇌의 실질적 수장이었던 마뇌가 있었다는 것이지요."

"음……."

"그 말은 당시의 상황을 종가의 장자가 아니라 마뇌가 통제했음을 의미합니다. 다시 말해서 불괴뇌동과 철혈백팔위의 순차적인 투입을 마뇌가 결정했다는 거지요."

"으음……."

"즉 살인자들은 마뇌의 두뇌를 넘어서는 무위, 아니면 머리를 지녔거나……."

문태상이 눈알을 두루룩 굴렸다.

"지독하게 운이 좋은 놈들이겠지요."

문태상의 결론에 침중한 표정으로 무언가를 생각하던 천가휘가 차 한 모금을 들이켰다.

"머리가 좋을 수도 있고 운이 좋을 수도 있소. 아지만 무위라… 단 오십여 명으로 불괴뇌동과 철혈백팔위를 단시간에 모조리 도륙할 집단은 많지 않을 텐데?"

"많지 않은 정도가 아니라 상식선에서 그런 조직은 전무하다고 봐야 옳겠지요. 굳이 찾으라면 벽씨세가의 풍운벽력대 정도랄까요?"

"그들은 이십사 년 전에 역사의 뒤안길로 사라졌소."

"하지만 그들이 아니라면 이야기가 되지 않습니다. 그들이나 되어야……."

문태상이 계속해서 말을 잇자 천가휘의 눈썹이 역팔자를 그려냈다

"설마 문태상께서 이 몸을 자극하려 드는 것이요?"

콰르릉!

천가휘의 온몸에서 위엄이라는 이름의 기세가 줄기줄기 뻗어 나가자 문태상이 손을 저었다.

"흥분하실 것 없습니다. 저는 그저 당시 느꼈던 소회를 그대로 말씀드렸을 뿐이니까 아무리 생각해도 그만한 힘을 지는 집단은 우리 천가를 제외한다면 그들이 고작이 전부입니다."

"그래도!"

바람 한 점 없는데도 미친 듯 나부끼는 천가휘의 장포.

'하아…….'

문태상으로는 정말로 억울할 만한 것이 벽씨세가를 들먹여서 천가휘의 유일한 상흔을 건드리고픈 마음은 추호도 없었다.

억지로 상황에 인물을 꿰맞추려다 보니 과거를 끌어들일 수밖에 없었던 거다.

'그들밖에 없는데…….'

하지만 여기서 한발 더 나간다면 천가 가주의 진정한 분노를 감당해야 할 판이라 문태상이 뜻을 굽혀야만 했다

"좋습니다. 가주께서 그리 역정을 내시니 그 점은 넘어가도록 하지요. 그럼 종가 장자의 원한 관계에 관해서 알아봤는데 이게 또 오리무중입니다."

품에서 두툼한 종이 뭉치를 꺼낸 문태상이 그것을 읽어 내려가자 천가휘가 탄식을 터뜨렸다.

"거의 파락호처럼 살았다는 말이로군."

"한심한 일이지요. 문제는 말입니다, 종가 장자의 패륜적 범죄는 많은 피해자를 양산했지만 그들은 모두 힘없는 소시민이었다는 거지요. 한마디로 종가에 대항할 사람이 없었습니다."

"지렁이도 밟히면 꿈틀거린다는 말도 있소."

"목적이 없는 걸음이라면 꿈틀대겠지요. 그러나 작정하고 밟는다면 꿈틀거릴 수 있을까요?"

문태상의 날카로운 반문에 천가휘가 얼른 대답하지 못했다.

"그게 소시민입니다. 정말로 강한 권세 앞에서는 목 놓아

울부짖는 것이 전부인, 그런 나약한 존재. 사천에서 종가가 획득한 권력 정도에 대항할 사람이라면 그는 더 이상 소시민이 아닐 겁니다."

비록 가진 것이 없는 이라고 하더라도, 하며 문태상이 말을 맺자 천가휘가 팔짱을 꼈다.

"대체 하고픈 말이 뭐요?"

뭔가 빙빙 둘러대는 듯한 느낌. 핵심에서 조금씩 벗어난 화두.

말하는 이의 입장에서는 재미날지 모르지만 듣는 사람으로서는 여간 짜증이 나는 화법이다.

"이제부터가 진짜입니다."

슬그머니 몸을 앞으로 굽힌 문태상이 나지막이 소곤거렸다.

"놀랍게도 종가의 자식은 살인자를 질시했습니다. 죽는 그 순간까지도."

"그렇다면?"

"맞습니다. 그래서 살인자는 절대로 소시민이 될 수 없었던 거지요. 혹시라도 몰라서 지난 십 년간 종가 장자의 행실을 조사했지만 시간 낭비였습니다. 그냥 처음부터 종가의 장자에게 질투심을 유발시킬 존재를 찾는 편이 나았을 뻔했습니다."

"그건 지극히 사적인 영역이 아니오? 어떻게 그런 인물을 찾아내겠소?"

"보통 이런 일에는 계집이 끼는 법이지요."

"계집?"

"그렇습니다. 고금을 막론하고 질투와 시기, 그리고 살인이라는 자극적인 이야기에는 계집이 단골손님처럼 등장합니다."

뜬금없는 문태상의 말에 천가휘가 인상을 구겼다.

오늘의 문태상은 지금까지의 그가 아니었다. 어쩐지 초조하고, 어쩐지 유희를 즐기는 이중적인 모습이이 아닌가.

대체 무엇이 그를 이렇게 만들었을까?

"좋소이다, 계집. 그럼 문태상께서는 이번 사건이 치정에 얽힌 단순 복수극쯤으로 여기는 거요?'

"그 정도라면 재미가 적지요. 여기 특이한 사항이……."

쾌재를 부르며 문태상이 품에서 또 하나의 종이를 꺼내는데 밖에서 누군가가 외쳤다.

"소림방장 고죽선사가 친히 방문하셨습니다!"

"음? 어서 뫼시어라."

벌떡 일어서며 천가휘가 문태상의 어깨를 두드렸다.

"오늘은 여기까지만 듣겠소. 시간은 많으니 차차 말씀해 주시구려."

"하는 수… 없지요."

천가에서 최고의 발원권을 지녔다는 문태상이라지만 육가와 더불어 천하를 양분하는 육문의 실질적인 수장, 소림사 방장이 찾아왔다는데 어찌 자리를 고집하겠는가?

말없이 일어선 문태상이 손에 쥔 종이에 눈길을 던졌다.

자잘한 사항은 첨부했음.

별첨 : 흉안이라는 여인에 관하여.

흉안이라는 별명처럼 그 여인은 얼굴이 추악한 종가의 시비였음. 다른 시비들에게 물어본 결과 종가의 장자가 끌고 왔다고들 하는데 정확하지는 않음.

흉안은 종가로 들어온 날부터 바로 종가의 여식, 종려원의 수발을 들었는데 종려원은 유독 그녀를 미워하여 수시로 가학적인 면모를 드러냈다 함.

특이사항 일(一). 흉안의 얼굴이 애초에 망가진 것이 아니라는 증언. 흉안은 원래 대단한 미모를 지닌 소녀였으나 종씨남매의 고문에 얼굴이 망가졌다는 증언이 있음.

종가 장자의 잠자리를 거부해서 가해진 형벌이라는 말과, 종씨 여식의 유흥에 가까운 고문으로 그리되었다는 설이 혼재.

특이사항 이(二). 종가의 장자가 살해당한 다음 날부터 흉안은 신기루처럼 종씨세가에서 자취를 감춤.

특이사항 삼(三). 흉안이 종씨세가에 모습을 드러낸 시기는 대체적으로 칠 년 전이라고 함. 그 당시 가장 커다란 사건으로는…….

종이를 품에 넣으며 문태상이 중얼거렸다.

"벽씨세가의 모반, 그리고 몰락."

* * *

고죽선사는 눈썹이 마치 버들강아지처럼 하얗게 세어버린 노승이었다.

그래서 일반 사람들은 물론이고 소림에서조차 그를 본래의 법명보다 유서선사라는 애칭으로 불렀다.

그렇지만 고죽선사는 단 한 번도 성을 내거나 인상을 찌푸린 일이 없었으니 그의 수양이 얼마나 깊은지 알 수 있는 대목이라 하겠다.

"먼 길 오시느라 고생 많으셨습니다, 선사."

천군휘가 고죽선사에게 깊은 포권을 보내며 반기자 눈썹만큼이나 맑은 눈을 진니 노승도 마주 포권을 했다.

"빈승이 이름 높으신 천가의 가주님을 뵈오, 아미타불."

인사를 나누며 의자에 앉은 두 사람이 자잘한 근황으로 덕담을 대신했다.

뻔하다면 뻔하고 의례적이라면 의례적인 절차지만 이런 자리에서 빼놓을 수 없는 과정이다.

다소 긴 의전을 마치고 고죽선사가 땀을 훔쳤다.

"이번 여름은 무척이나 덥지요? 여름이 더우면 그만큼 겨울도 춥다는데 이만저만 걱정이 아닙니다, 아미타불."

일상적인 한담. 그러나 천가휘에게는 고죽선사의 이야기가 그리 한가롭게 다가오지 않았나 보다.

"여름은 여름다워야 하고, 겨울은 겨울다워야 하는 법. 미적지근한 여름이라면 멱을 감을 재미가 반감될 것이고, 어정쩡한 겨울이라면 화톳불 켜고 구워먹는 군밤이 그리 달달하겠소이까?"

다기를 꺼내며 천가휘가 고소 짓자 고죽선사가 빙그레 웃었다.

"물론 자연의 법칙대로라면 여름은 땀이 줄줄 흐를 정도로 더워야만 하고, 겨울에는 살을 애일 듯한 추위에 옷깃을 여미는 것이 당연하지요. 하지만 순리에 순응하기에는 소시민의 삶이 너무 팍팍해서요."

"맞습니다. 팍팍하지요. 그래서 더운 여름에는 멱도 감고, 시냇물에 과일 담가서 먹고, 또 겨울에는 군밤도 호호 불면서

까먹는, 그런 홍취로 시름을 더는 것이겠지요."

"홍취란 등 따습고, 배부른 사람들에게나 해당되는 감정이지요. 하루 벌어서 하루 먹는 인생들에게 그런 것은 사치랍니다."

묘한 대치. 논점은 같은데 관점이 다르니 이야기가 공전되는 것이다.

"사치요?"

천군휘가 차를 따르다 말고 고죽선사를 뚫어지게 응시했다.

"그런 식으로 말씀하신다면 경제 활동을 제외한 모든 행위는 사치로 귀결됩니다. 하루 벌어서 하루 먹는 이에게 번뇌는 무엇이며 해탈은 또 무슨 소용이겠소이까?"

천군휘의 위엄 깃든 말에 고죽선사가 깜짝 놀랐지만 그는 시린 목소리로 이야기를 맺었다.

"그런 정신적인 유희야말로 사치 중에 사치란 말이외다."

다소 날선 천군휘의 반박에 고죽선사가 곤혹스러운 표정을 지었다. 어디까지나 덕담의 연장선에서 나온 말이었는데 이런 식으로 치받을 줄은 예상하지 못했으니까.

"아니, 일단 진정하시고……."

"홍분한 적 없소이다."

자신의 잔에도 차를 따른 천군휘가 천천히 의자에 앉았다.

"난 말이오, 격식이라는 놈이 오히려 사람을 타락시킨다고 생각하오이다. 선사께는 어찌 생각하십니까?"

"그, 그야 뭐……."

"우습지요?"

"무슨 말씀이신지?"

식은땀을 닦으며 고죽선사가 되묻자 천군휘가 찻잔을 입가에 가져가며 비릿한 조소를 물었다.

"흔히들 말하는 협이나 정의란 개념 말이외다. 이게 보편적인 가치가 아니라는 겁니다."

"그렇지 않소이다. 협과 정의는……."

고죽선사가 반론을 재기하려 했지만 천군휘의 씁쓸한 웃음은 이마저도 무력화시키기에 충분했다.

"무슨 말인지 몰라서 그러시는 게요? 협과 정의란 언제나 같은 개념이어야 하는데 희인하게도 권력의 주체가 바뀔 때마다 그 성격 또한 바뀌더란 말이오."

부정하기 어려운 천군휘의 말에 고죽선사의 표정이 어두워졌다.

"천년 무림 역사상 이러한 흐름에서 자유로울 집단은 없다고 단언하오. 그 어떤 조직, 또는 세력도."

뭐라고 할 것인가. 틀린 말이 아니거늘.

난처해하는 고죽선사를 빤히 쳐다보던 천가휘가 피식 웃

었다.

“하긴, 이런 이야기가 무슨 소용이겠소? 선사나 나나 어차피 기득권을 누리는 처지인데.”

“어허허, 그 무슨 말씀을…….”

곤혹스러운 얼굴로 눈을 꿈뻑이며 고죽선사가 천군휘의 말을 부인했지만 어쩐지 등골이 서늘해져서 깊은 숨을 들이켰다.

“괜찮아요, 괜찮아.”

차 한 잔을 더 따르며 천군휘가 나른하게 중얼거렸다.

“이번에도 잘해 봅시다, 저번처럼.”

쿠쿵!

그가 말하는 저번이 어떤 시기, 그리고 어떤 사건을 염두에 둔 발언인지를 너무나 잘 알기에 고죽선사가 눈을 감았다.

업보다. 돌이킬 수 없는 업보.

“심각할 것 없소이다. 차 식겠어요.”

찬군휘가 차를 권했지만 고죽선사는 굳은 얼굴로 나지막이 염불을 외다 어색한 인사를 남기고 자리를 떴다.

“그럼 살펴 가시구려. 멀리 나가지 못함을 양해하시오.”

“아미타불. 다음에 또.”

고죽선사가 하나의 점이 되어 사라지자 눈으로 그를 배웅하던 천가휘가 다시 자리에 앉았다.

"이래서……."

탄식처럼 터져 나오는 독백.

"이래서 세가의 대계를 포기하지 못한다, 이래서."

주먹을 꽉 쥐며 천가휘가 사자처럼 으르렁거렸다.

"같잖은 저들의 위선을 보노라면 코웃음이 나오다 못해 치가 떨린다. 말로는 협이니, 정의니, 온갖 미사여구를 동원해서 자신들을 치장하지만 자신들의 기득권에 조금이라도 손상되는 사건이 발생하면 좌시하지 않는 족속들."

드드드드!

천가휘의 분노가 깊어가자 탁자가 마구 흔들리고 잔에 담긴 찻물이 범람했지만 그의 노기는 식을 줄 몰랐다.

"당신들의 가면은 내가 벗길 것이다. 천가의 이름 아래 당신들의 실체가 낱낱이 까발려질 때, 비로소 무림은 본래의 순수함을 되찾을 것이다."

의자를 박차고 천가휘마저 자리를 비우자 장내에는 그가 남긴 신념만이 유령처럼 부유하다 이내 산산이 흩어졌다.

第九章
주루풍운

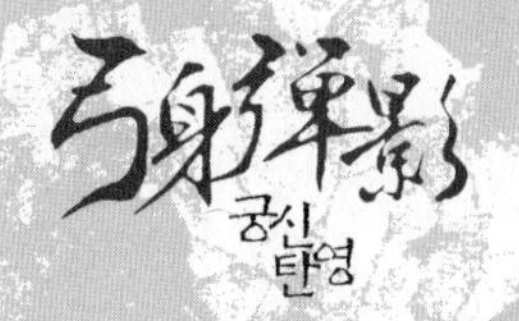

오계명성은 자신들의 특권을 포기하겠다고 선언했다.

육가와 더불어 천하를 양분하는 육문의 다섯 영재가 이러한 결정을 내리자 혹자는 속 보이는 민초 행세라고 비웃었지만 대부분의 무림인들은 '역시' 또는 '과연'이라며 그들을 추켜올렸다.

이렇게 되자 육가 후예들의 처지가 곤궁해졌고, 그들도 울며 겨자 먹기로 자신들 역시 갑의 지위를 포기하고 병의 취지를 택하겠노라고 선언해야만 했다.

그렇게 되어 천계에서만 노닐 것만 같던 육문과 육가의 후예들을 자신들이 이용하는 평범한 객잔, 그리고 찻집에서 볼 수 있다는 기대감에 군웅은 한껏 고무되었다.

기대심리는 곧바로 현실에 반영되어 어느 어느 객잔에서 오계명성 가운데 깜찍하기로 유명하다는 누구를 보았다느니, 어느 찻집에서 육가의 홍일점이자 육감적인 몸매로 전 무림을 사로잡는다는 누구를 만났다는 둥, 수많은 소문이 나돌게 되었다.

풍문이 부피를 키워갈 수록 군웅의 관심사는 무림상합대제전이라는 축제에서 벗어나 육문과 육가의 후예들에게로 옮겨졌다.

지금처럼.

"풍류객잔에 종려원 소저가 나타났대!"

누군가 소리치자 거리를 거닐던 무인들이 즉각 반응을 보였다.

"누구?"

"종려원 소저라면……."

"종려원 소저도 모르냐? 사천제일을 넘어서 무림에서 가장 요염하다는 여인이잖아!"

그 뒤로는 그녀가 얼마나 멋진 가슴을 가지고 있는가, 천하에서 가장 아름다운 각선미를 자랑한다, 미소가 마력적이다 못해 천년 묵은 여우보다도 교태롭다… 별의별 이야기가 난무했다.

"백문이 불여일견!"

"암먼, 당장 가서 확인하자고!"

군웅이 한껏 고조되어 풍류객잔으로 향하자 창을 통해서 그들의 하는 양을 지켜보던 무영이 천천히 돌아섰다.

"들었소?"

그가 묻자 은려가 눈을 깜빡였다.

"종려원이라 하오."

순간 은려의 입가를 스치고 지나가는 미소.

그것은 조소였다!

'좋군.'

만용은 자멸의 지름길이지만 자신감은 승리의 원동력이다.

유형이든, 무형이든, 어떤 유형의 싸움에서나.

"준비는 되었소?"

은려가 조용히 고개를 끄덕이자 빙글 몸을 돌린 무영이 단호하게 외쳤다.

"그럼 한 방 먹이러 갑시다."

객잔은… 종려원 판이었다.

종려원의, 종려원에 의한, 종려원을 위한 객잔.

벌 떼처럼 모여든 군웅은 종려원이 앉아 있는 탁자에 조금이라도 가까이 가려고 기를 썼다.

심지어 어깨로, 팔로, 자리를 확보하려다가 크고 작은 말싸움이 벌어지기 일쑤였다.

"오호호호호!"

짤랑짤랑 종려원의 교소에 남정네들은 노소를 가릴 것 없이 넋을 놨고, 여협들은 그녀의 차림새와 몸짓, 그리고 말투 등을 열심히 숙지했다.

이 순간 종려원은 그들에게 별이었으며, 우상이었다.

그리고 종려원 앞에서 머쓱한 표정으로 좌불안석, 연신 땀을 닦는 사내는 육가의 자제들 가운데 가장 어리면서도 가장 총명하다는 서문세가의 서문진이었다.

칠 년이라는 세월이 흘러 이제는 턱에도 거뭇거뭇한 수염이 자랄 만큼 성장했다지만 기본적인 성정은 어쩔 도리가 없어서 세인들의 관심이 부담스러운 것이다.

"조, 종 누님, 이제 그만 숙소로 가시지요……."

"무슨 말이야, 서문 동생? 이제 흥이 나기 시작했는데 벌써 숙소로 돌아가자니?"

"아니, 그러니까, 사람들도 너무 많고, 또 누님도 먼젓번 일로 상심이 크실 터이니 이런 소란을 피하시는 편이……."

서문진이 나름 배려한답시고 말을 꺼냈지만 종려원에게 오라비의 비참한 최후는 그다지 중요한 사안이 아니었다.

입으로는 전혀 다른 소리를 내뱉었지만.

"맞아, 마음이 아파. 그 일만 생각하면 가슴이 터질 것만 같아."

종려원이 서문진의 손을 덜컥 잡아서 자신의 가슴께로 가져갔다.

"아직도 이렇게 가슴이 콩닥콩닥 뛰잖아?"

뭉클―

"누, 누님!"

손등으로 전해지는 촉감에 서문진이 깜짝 놀라며 볼을 붉히자 주변 여기저기서 아쉬움의 탄성이 터져 나왔다.

"아이고, 저 손이 주인이 나라면 억만금이라도 지불할 용의가 있는데."

"난 억만금이 아니라 내 전 재산이라도 걸 거다."

"억만금도 없고, 가진 재산이라야 푼돈이 전부면서 호들갑은. 쯧쯧."

대충 이런 바보 같은 말이 오갔고 이는 고스란히 종려원의 귀에 쏙쏙 박혔다.

'그래, 이 순간 나는 여왕이야. 이곳은 나의 왕국이고. 그런데 벌써 숙소로 돌아가라고? 이 재미를 고스란히 남겨두고?

어쩔 줄 몰라 하는 서문진의 손을 놔주며 종려원이 입꼬리를 말아 올렸다.

'발정난 개와 같은 종자들. 그래, 마음껏 침 흘리고, 욕정에 몸부림치렴. 언제 너희의 눈이 이런 호사를 누리겠니?'

거의 경외에 가까운 시선에 절로 으쓱해진 종려원이 흐드러지게 웃었다.

'이것들은 데리고 무슨 장난을 쳐볼까?'

그녀가 자못 흥미진진한 눈길로 주변을 쓸어보는데 객잔문이 열리며 이남이녀가 들어섰다.

"여긴 참으로 많은 사람들이 모였네요?"

"그렇군. 도떼기시장이 따로 없구나. 떠돌이 장돌뱅이가 좌판이라도 벌였나?"

우문현답. 노심화의 질문을 재치있게 받으며 호령이 피식 웃자 종려원의 얼굴이 썩어 들어갔다.

호령이 말하는 장돌뱅이란 자신일 테고, 도떼기시장이라는 자신을 보려고 몰려든 군웅의 소란스러움을 풍자한 것이라는 걸 누구보다 잘 알기에.

'저것들은 오계명성 가운데 형산의 노심화, 그리고 공동의 호령이라는 년이잖아?'

형산의 노심화는 그냥 귀여운 여인이라지만 공동의 호령은 만만치 않은 무위, 그리고 어지간한 사내는 울고 갈 정도의 뚝심을 지닌 여장부라고 들었는데.

이제 보니 소문보다 더한 강골 아닌가?

'저년들이?'

절정을 향해 마냥 치솟던 기분이 수그러들었지만 종려원은 내색하지 않았다.

"누, 누님. 오계명성 사람들이 왔네요. 정말로 이제는 돌아가심이……."

"돌아가? 내가 왜?"

이 정도로 물러선다면 사천을 넘어 전 무림의 요화, 종려원이 아닐 터.

훼방꾼이 나타났다고 하나 군웅이 자신의 손아귀에 있는데 무엇이 두려울까?

지강과 태봉, 그리고 노심화와 호령이 자리를 잡고 앉자 그들을 곁눈으로 쳐다보던 종려원이 슬그머니 미소 지었다.

'오호라, 오계명성, 오계명성 하더니 꽤나 쓸모가 있는 자들을 모아두었군?'

지강의 딱 벌어진 어깨를 보며 종려원이 뱀처럼 붉은 혀를 내밀어 입술을 핥았다.

'소림 빡빡이는 밤에 제법 힘을 쓸 줄 알겠는데? 허리도 튼실해 보이고.'

음란한 상상을 하던 종려원이 이번에는 무당의 태봉을 위아래로 훑어보며 게슴츠레 눈을 떴다.

'저자가 무당의 말코인가 본데 생각보다 영준하잖아? 며칠 데리고 놀기 좋겠어.'

멋대로 지강과 태봉을 저울질하던 종려원이 결심을 굳히고 자리에서 일어섰다.

이곳은 무림상합대제전이 열리는 장소. 밤일보다는 자신을 돋보이게 할 먹잇감이 우선이다.

"어머머머, 이게 누구시래요? 지체 높으신 육문의 오계명성 여러분 아니신가요?"

호들갑을 떨며 자신의 존재를 알린 종려원이 풍만한 엉덩이를 흔들며 지강등이 앉아 있는 탁자로 다가섰다.

"저는 종씨세가의 종려원이라고 해요. 육문과 육가는 비록 경쟁 관계라지만 그건 어른들의 일일 뿐이지요."

노골적으로 불쾌감을 드러내는 두 여인을 무시하고 호령과 노심화의 사이를 비집고 들어선 종려원이 상체를 숙이자 앞섶이 벌어지며 뽀얀 가슴이 자연스레 드러났다.

"어험험!"

"어험!"

지강과 태봉이 반사적으로 고개를 돌렸지만 분비되는 마른침만큼은 어쩔 도리가 없어서 그들의 목울대가 크게 출렁였다.

'뭐야, 숙맥들이잖아?'

한껏 자신감을 얻은 종려원이 몸을 더욱 앞으로 숙이며 지강에게 말을 걸었다.

"우리 젊은이들에게 어른들의 논리는 무의미하지 않겠어요?"

원론적으로 맞는 말이라 지강이 쥐어짜내듯 답했다.

"무, 물론이오, 아미타불."

"아, 불호를 외시는 걸 보니 소림의 지강 대협이신가 봐요? 그렇다면 이분은?"

"무당의 태봉이라 하외다."

고개를 모로 돌리고 태봉이 대답하자 종려원이 색기 어린 눈으로 그를 좇았다.

이렇게 누군가가 계속해서 자신을 바라보면 누구나 부담스러울 수밖에 없는 법. 애써 종려원을 외면하던 태봉의 입에서 다시금 헛기침이 터져 나왔다.

"무, 무슨 문제라도 있소이까?"

"문제요? 무슨 말씀이신지 모르겠네요?"

종려원이 눈을 거두지 않자 결국 태봉이 난처한 어조로 중얼거렸다.

"그러니까, 소저가 그리 빤히 쳐다보니까……."

평생 산문에서 도와 검을 닦은 태봉이다. 좋게 이야기하자면 속세의 때가 덜 묻었다는 것이고, 달리 표현하자면 종려원의 생각대로 세상사에 영 숙맥이라는 말이다.

무학으로는 천하를 논할 자신이 있지만 이런 경우는 처음이다.

태봉의 이마에 식은땀이 촉촉이 배어나오자 종려원이 의미심장한 미소를 지었다.

'호호, 애송이. 오늘 이 누나가 축복을 내려주도록 하지.'

종려원이 태봉에게 관심을 보이자 군웅의 얼굴에 시기와 질투의 빛깔이 불쑥불쑥 솟구쳤지만 누구도 표출하지는 못했다.

천하를 양분하는 육문과 육가의 후예들이다. 어느 누가 이들의 행사를 방해하겠는가?

"왜 쳐다보냐고요?"

종려원이 꽃봉오리 같은 입술을 벌렸다.

"관심이 있으니까."

물기를 잔뜩 머금은 종려원의 구애에 태봉의 볼이 저녁놀처럼 물들었다.

"나, 나는 도인으로서……."

"그래서요?"

"그러니까, 나는 도인으로서 여색을 멀리하고……."

애써 태봉이 버티는데 종려원이 그의 곁으로 자리를 옮

졌다.

"제가 그렇게 매력적인가요?"

종려원이 얼굴을 들이밀며 웃자 태봉이 눈을 감았다.

"무량수불, 무량수불……."

그리고… 지강과 호령, 그리고 노심화는 돌처럼 굳어서 어떠한 행동도 취하지 못했다.

그들 역시 숙맥이긴 마찬가지라 종려원의 저돌적인 돌격에 당황해서 정신줄을 놔버린 것이다.

완벽한 장악. 순진하기만 한 이들 넷은 종려원의 손아귀에 꽉 잡혀서 옴짝달싹 못하는 처지가 된 것이다.

단 일 각 만에.

주도권을 장악한 종려원이 최후의 일격을 날리려 손을 뻗었다.

"사해가 동도라는데 우리 육가와 육문의 미래가 손을 맞잡지 않으면 누가 그러겠어요? 그러니……."

그녀의 뱅어 같은 손이 무방비 상태로 축 처진 태봉에게 향하는데 난데없이 퀴퀴한 냄새가 객잔을 가득 메우며 종려원의 손목을 누군가가 와락 움켜잡았다.

"아이고, 이 부드러운 손! 아주 녹네, 녹아!"

"뭐, 뭐야! 이 거지는!"

종려원이 기겁을 했지만 거지는 작정을 하고 껄떡거렸다.

"비단이 따로 없구나. 아주 그냥 착착 감겨!"

거지가 계속 엉겨 붙자 그를 떼어놓으려고 발버둥치던 종려원의 입에서 끝내 욕설이 튀어나왔다.

"노, 놓지 못해, 이 미친 거지새끼야!"

그제야 종려원의 손을 놔준 거지가 해맑게 웃었다.

"몸은 사람을 미혹시킬 만큼 요염하다지만 입에 걸레가 물려 있으니 도통 그 정체를 모르겠구나."

거지의 해학적인, 그러나 충분히 준엄한 꾸짖음에 종려원이 아차, 하고는 고개를 돌렸다.

지저분하고 유치한 도발에 가면이 벗겨지다니!

자신의 손아귀에서 놀아나던 태봉의 표정을 보라. 흡사 더러운 무엇을 대하는 것처럼 일그러져 있지 않은가.

거기다 지강은 더욱 가관이었는데 그는 아예 자신을 외면하고 있었다.

천하의 종려원인데!

호령과 노심화는 대놓고 쌤통이라는 얼굴로 키득거렸다.

썩은 미소를 지으며 고개를 가로젓는 호령은 그렇다 치고서라도 혀까지 빼물고 좋아죽는 노심화의 빈정거림은 자존심 하나로 살아온 종려원으로 절대 받아들이기 힘든 것이었다.

이런 모욕이라니!

반전이 필요하다. 저 건방진 것들에게 한 방 먹여야겠는데 방법이 떠오르지 않는다.

특이 모든 일에 단초가 된 거지 놈. 거지 놈만큼은 그냥 둘 수가 없다.

종려원이 이들을 골탕 먹일 계책을 세우는데 우렁우렁한 목소리와 함께 객잔 주렴이 다시 열렸다.

"종 누이가 여기 와 있다고?"

당연히 곽구였다.

육가 가운데 힘 하나로 천하를 호령하는 곽가의 후예, 곽구. 위인 됨이 단순하고 악의는 없지만 다소 멍청한 구석이 있어서 타인의 간계에 끌려 다니는 경향이 있다.

칠 년 전, 벽가에서 벽산산과의 싸움도 그런 형태였다.

곽구의 뒤에 쭈뼛거리며 들어선 이는 존재감 없기로 첫 손가락에 든다는 평가의 평서만이었고, 그 뒤로 단리가의 장자 단리중이 눈알을 굴리며 뒤따랐다.

단리중. 여동생인 단리소설과 다르게 줏대 없고, 힘 있는 자의 비위를 맞추는데 능하며 자신보다 약한 이에게 여지없이 이빨을 드러내는 비열한 인물.

평서만과 단리중을 이끌고 온 곽구가 주변을 휘휘 둘러보다 종려원을 발견하고 쾌재를 불렀다.

"종 누이, 내가 왔어!"

호통에 가까운 곽구의 인사에 종려원이 미간을 찌푸렸다.

'짜증나서 죽겠는데 병신 같은 뚱땡이는 왜 나타난 거야, 귀찮게?'

노골적으로 싫은 기색을 띠던 종려원이 순간적으로 눈을 빛냈다.

기회다. 손 안 대고 코를 풀 수 있겠다.

재빨리 머리를 굴린 종려원이 최대한으로 처연한 표정을 지으며 관구를 바라보았다.

"곽… 오라버니……."

"그래, 내가 왔어. 음?"

반갑게 손을 흔들던 곽구가 종려원의 예사롭지 않은 목소리에 고개를 갸웃거렸다.

"종 누이, 왜 그래?"

"흐흑, 곽 오라버니……."

"어라, 종 누이? 우는 거야?"

곽구가 어리둥절해서 눈을 크게 뜨는 순간, 그의 품으로 달려들며 종려원이 울음을 터뜨렸다.

"으흐흐흐흑, 곽 오라버니!"

"왜 그래? 대체 무슨 일이야?"

종려원의 어깨를 감싸 쥐며 곽구가 물었다.

"으흐흐흐흐흑!"

하지만 종려원은 말없이 울음을 터뜨리기만 했고, 그녀를 달래려던 곽구의 표정이 차츰 일그러져 갔다.

"왜 그러냐니까! 말을 해야 알지!"

그가 종려원의 어깨를 거칠게 흔들었다.

'아우, 입 냄새! 땀 냄새까지! 역겨워 죽겠네!'

그러나 종려원은 내색하지 않고 멀뚱히 서 있는 거지를 가리켰다.

"저기, 저 사람이 제 손을 잡고 마구 성희롱을 하고, 으흐흑, 저 오계명성들은 좋다고 맞장구치고… 흑흑."

"무엇이라!!"

대노한 곽구가 종려원을 가만히 밀고 거지의 앞에 섰다.

"정녕 네가 우리 종 누이를 성희롱했냐?"

곽구의 몸집은 워낙 거대해서 거지와 마주서자 머리 하나는 더 올라오는 느낌이었다.

"음… 그러니까……."

말인즉슨 맞다. 허락도 없이 아녀자의 손을 쓰다듬고 주물렀으니 성희롱을 하긴 했다.

어디까지나 이유 있는 행동이었지만.

"말해! 이걸로 네놈을 산산이 부숴 버리기 전에!"

곽구가 주먹을 쳐들고 위협하자 거지가 난감한 표정으로 탄식했다.

"그게 사연이 있는데… 그러니까……."

"시답잖은 변명 늘어놓을래?!"

곽구의 주먹이 금방이라도 거지의 얼굴에 꽂힐 찰나, 의자를 밀며 지강이 일어섰다.

"연유도 들어보지 않고 막 나가는 것 아니오?"

"뭐야?"

소리 난 방향으로 목을 돌린 곽구가 입을 툭 내밀었다.

"당신은 소림의 지강 아닌가?"

"그렇소이다. 간만에 뵙는구려."

지강과 곽구는 초면이 아니었다. 이런 저런 일로 몇 차례 대면했던 터라 데면데면한 오계명성과 육가의 후예 가운데 비교적 친한 사이었다.

일단 몸집도 비슷하고 성격도 맞는 편이었으니까.

그러나 지금은 다르다.

종려원의 말이라면 천하의 무엇보다도 먼저인 곽구인지라 지강과의 친분 관계는 이선으로 물러나야만 했다.

"아니, 비록 속가라지만 소림의 제자가 아녀자가 성희롱을 당하는데 보고만 있었단 말인가?"

"황걸 사형이 말씀대로 이유가 있었다오."

"이유? 얼마나 대단한 이유가 있어서 아녀자 성희롱에 정당성을 줄 수 있나?"

"그러니까 저기 소저가 우리 태봉 형에게 꼬……."

차마 꼬리를 쳤다는 말은 하지 못하고 지강이 입술을 깨물었다.

분위기로 미루어 저 곰 같은 사내가 여우한테 푹 빠지다 못해 홀린 모양이다.

이런 판국에 손을 만졌다는 사실관계까지 명백하니 여기서 말 한마디 잘못 나가면 곧바로 충돌일 터.

종려원의 마수에서 정신을 차리게 하려고 황걸이 수를 썼다는 말을 곽구가 믿을 리 없다. 믿지 않는 정도가 아니라 추잡한 변명이라고 여길 것이다.

그리고 말이 길어진다면…….

"하아……."

지강이 탄식하자 곽구가 고리눈을 떴다.

변명조차 늘어놓지 못한다는 것은 종려원이 성희롱을 당했다는 게 사실이라는 얘기니까.

그건 참을 수 없는 일이다.

"이, 이, 더러운!"

곽구가 발을 구르자 황걸이 지강을 밀어내고 그의 앞에 섰다.

"어떤 변명을 해도 육문의 제자로서 창피한 행동이었음을 자인하오."

"그래서?"

"분이 풀릴 때까지 때리시구려."

황걸이 몸을 내밀자 지강과 태봉, 그리고 호령과 노심화가 나서려 했지만 그는 눈짓으로 그들을 제지했다.

일이 더 이상 커지면 곤란하다.

자신으로 인해서 벌어진 사단. 자신이 해결해야 한다.

"매로 해결하시겠다? 좋지! 오늘 치도곤이라는 말이 무언지 똑똑히 알려주지!"

곽구가 팔을 둥둥 걷어붙였다.

"오라버니한테 맞은 저치는 개구리처럼 뻗어버릴 걸요?"

언제 울었냐는 듯 종려원이 빨간 입술을 나풀거렸다.

"종 누이, 이제 좀 안정이 된 거야?"

곽구가 반가움에 그녀의 손을 잡으려 했지만 이를 무시하고 종려원이 황걸에게 다가섰다.

"좋아요, 거지 양반. 매로서 죄를 갚겠다는 소원을 들어드리고 싶지만 나는 당신과 달라서 그렇게 미개한 사람이 아니거든요?"

"그럼 무엇을 원하시오?"

"내가 원하는 것은 다 들어주겠다는 소리인가요?"

종려원이 묻자 잠시 고심하던 황걸이 무겁게 고개를 끄덕였다.

"무엇이든?"

"그렇소."

황걸의 대답에 오계명성의 얼굴이 어두워졌지만 장내를 완전히 장악했다 판단한 종려원의 입가에는 득의의 미소가 걸렸다.

"좋아요. 그럼 무엇부터 시작해 볼까? 아, 우선 네 발로 바닥을 기어요."

"그, 그런……!"

노심화가 나섰지만 황걸이 제지하고 그가 털썩 무릎을 꿇었다.

"뭐해요? 누가 무릎을 꿇으라고 했나? 바닥을 네 발로 기어 다니라고 했지?"

"아, 알았소이다."

처연하게 고개를 끄덕인 황걸이 바닥을 네 발로 기어 다니기 시작하자 그를 가리키며 종려원이 깔깔 웃었다.

"바로 이 모습이지! 거지답게 기어 다녀야 정상이지! 어디 사람처럼 두 발로 땅을 걸어 다녀!"

교소를 터뜨리며 웃어젖히던 종려원이 다음 명을 내렸다.

"이젠 짖어요."

광기로 눈을 희번덕거리며 그녀가 잘라말했다.

"개처럼."

순간 호령이 치고 나왔다.

"그건 너무 심하잖아?!"

태봉과 지강도 인상을 구겼지만 나설 수는 없었다. 분명 성희롱은 용서받아서는 안 될 범죄행위고 의도야 어떻든 간에 황걸의 행동은 몰아가기에 따라 비난받기에 충분했으니까.

"아주 막가자는 거예요?!"

노심화가 호령을 거들었지만 머리를 쓸어 넘기며 상황을 즐기는 종려원에게 그들의 항의는 무의미했다.

"그럼 공론의 장으로 나가볼까? 육문의 제자, 백주대낮에 육가의 후예를 성희롱했다? 뭐 이렇게?"

"으윽!"

"괜히 나서지 말고 구경이나 해."

노심화를 곁눈으로 보며 종려원이 재차 명을 내렸다.

"짖으라는 말 안 들려요?! 어차피 밥 빌어먹으면서 별의별 난장은 다 부렸을 텐데 새삼스레 무엇이 부끄러울까?!"

"종 누이, 이 정도면 충분하잖아?

보다 못해서 곽구마저 나섰다.

"이쯤이면 저치도 가슴 깊이 반성을 했을 테니 넓은 마음으로 용서해 주지그래?"

누가 보더라도 잔인한 언동, 가혹한 처사. 거기다 평소 그녀의 성정으로 미루어본다면 여기서 끝낼 리 없다.

더욱 잔인하고, 더욱 가혹한 명을 내릴 터. 이미 종려원의 눈은 돌아간 상태니까.

이대로 종려원이 계속해서 성질을 부린다면 그녀의 평판이 나빠질 것을 염려한 곽구의 충고.

하지만 종려원에게는 어림도 없는 소리였다.

"곽 오라버니."

종려원의 눈이 가늘어졌다.

"함부로 나서지 말아요."

움찔!

그녀의 독기에 곽구가 뒤로 물러섰다.

'병신 같은 돼지 새끼.'

콧방귀를 날린 종려원이 팔짱을 끼고 신경질적으로 소리 질렀다.

"어서 짖어!"

"하아……."

무겁게 한숨을 내쉬며 황걸이 눈을 감았다.

그렇다, 황걸은 거지다. 개방의 소속이든 뭐든 거지라는 사실은 변함이 없다.

하지만 밥 빌어먹으려고 네 발로 기어 다니거나 개처럼 짖지는 않았다.

최소한 인간으로서의 존엄은 지키면서 살았다.

"짖으라고!!"

종려원이 날카롭게 외치자 황걸의 입이 서서히 벌어졌다.

그녀의 명을 이행한다면 육문 최대의 굴욕이 벌어질 상황. 그렇다고 명을 거부한다면 성희롱 사건으로 번질 사안.

종려원의 눈에 득의의 빛이 뚝뚝 흘러넘치고, 육문 제자들의 얼굴이 아픔으로 일그러지는 순간.

마치 꿈결처럼 객잔의 주렴이 흔들리며 한 사람이 들어섰다.

第十章

끝과 시작

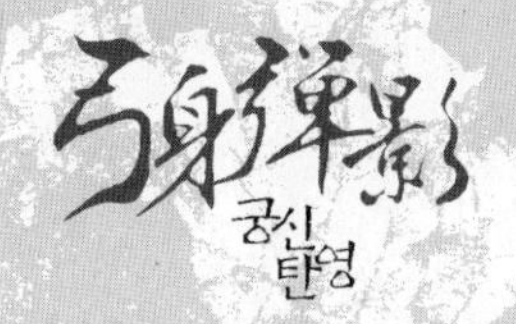

조용히, 그저 조용히 들어섰을 뿐인데 기이하게도 모두의 시선은 그 사람에게 집중되었다.

심지어 입을 벌리려던 황걸마저도 그 사람을 바라보았다.

하지만 그 사람은 모두의 시선을 의식하지 못한 것처럼 자리에 앉으려다 네 발로 땅을 지지하고 있는 황걸을 발견했다.

"황걸… 사형?"

"은려 사매로군."

그렇다. 들어선 이는 다름 아닌 화산의 은려였다.

"저 여인이……."

"…은려 사저라고요?"

호령과 노심화가 눈을 치떴다.

은려는 은려이되 지금 등장한 사람은 그들이 알던 은려가 아니었으니까.

더벅머리로 가렸던 얼굴을 드러냈을 뿐인데 용모 하나만으로 자체적인 빛을 발한다.

"은려 사매가……."

"…예쁜 건 알았지만 저렇게 아름다웠던가요?"

물론 아니다. 그녀의 용모가 특출한 건 사실이지만 여기에 설미의 뛰어난 화장법이 가미되었기에 은려의 미모가 극대화되었던 거다.

또한 옷맵시와 머리 역시 설미의 손을 거쳐서 선머슴 같던 은려의 외모는 그야말로 환골탈태의 경지에 이른 것이다.

백조로 화한 미운 오리 새끼랄까?

"황걸 사형, 지금 무슨 놀이라도 하는 건가요?"

황걸의 앞에 쭈그려 앉으며 은려가 고개를 갸웃거렸다.

"아, 그게……."

얼른 대답하지 못하고 황걸이 어색하게 웃자 천천히 몸을 일으킨 은려가 주위를 둘러보았다.

"분위기가 이상하네? 무슨 일이라도 있었나요?"

때로는 순진무구하게, 때로는 기품 있게.

행동 하나하나는 대갓집 마님과도 같은 품위가 흐르고, 표정과 말투는 천진난만하니 객잔에 모인 사람들은 그녀의 일거수일투족에 집중할 수밖에 없었다.

"꿀 먹은 벙어리요, 침 먹은 지네라더니 모두들 말씀들이 없으시네요?

"아, 그게……."

무슨 말이라도 해야만 할 것 같아서 모든 과정을 지켜본 장한 하나가 나섰다.

"그게 그러니까……."

장한이 나름대로 상황을 설명했지만 종려원의 입장에 심히 기운 이야기를 늘어놓았다.

이렇게 되면 자연 황걸은 성희롱범이 되어버리는 상황.

"그게 아니잖아요! 저 여자가 우리 태봉 사형에게……."

노심화의 반발을 은려가 가만히 막아섰다.

"당사자는 개입하지 말고."

떠억!

은려에게 이런 기품이!

노심화뿐 아니라 다른 오계명성들도 그녀의 부드러운 권위에 대경의 눈길을 보냈다.

힘만 센 바보. 멍청한 먹보.

그들의 마음에 각인된 은려의 모습은 참으로 한심한 것이었는데 며칠 만에 전혀 다른 사람이 되어 나타났다.

단 보름 만에!

대체 보름 동안 무슨 일이 벌어졌다는 건가?

"흐음… 이상하네?"

주먹으로 살짝 턱을 받친 은려가 장한을 부드럽게, 그러나 똑바로 응시했다.

"정말로 화기애애한 대화에 황걸 사형이 난입을 해서 다짜고짜 손을 잡았다고요?"

"아, 그러니까, 그게……."

더듬거리는 장한에게 한 걸음 다가서며 은려가 눈을 맞췄다.

"정말로요?"

은려가 다가선 그만큼 물러선 장한이 머리를 긁었다.

이 순간, 이 여인에게 거짓말을 하면 커다란 죄를 짓는 것만 같다.

"그게 야, 약간의 문제가 있었는데……."

"어떤 문제였나요?"

차분한 은려의 물음에 홀린 것처럼 장한이 당시의 상황을 술술 불자 곽구의 표정이 일그러졌다.

이야기가 달랐으니까. 만약 장한의 진술이 사실이라면 그는 멍청한 짓을 한 것이 되어버리니까.

"이놈! 정말로 그 말이 사실이렷다?!"

장한의 멱살을 잡으며 곽구가 다그쳤다.

성질이 나는 이유는, 열이 받는 이유는, 종려원이라면 능히 장한의 말대로 행동할 여자라는 거다.

그래서 불안하고, 그래서 조바심이 난다.

"정말이냐니까!!!"

"케, 케엑, 제, 제가 무엇 때문에 거짓을!"

"에잇!"

장한을 바닥에 내던진 곽구가 이번에는 황걸에게 화를 토했다.

"당신은 변명거리가 있었으면서 병신처럼 왜 가만히 당하기만 한 거야!"

"당하기만 하다니요?"

발끈한 종려원이 나섰다.

"당하다니? 아니, 그럼 곽 오라버니는 내가 성희롱을 당하지 않았다는 말이에요? 저 거지가 허락도 없이 내 손을 주물렀다니까요, 백주 대낮에! 이 많은 사람들이 보는 앞에서!"

종려원이 펄펄 뛰자 곽구가 어찌할 바를 몰라 발을 굴렀다.

말을 들어보니 보니 황걸의 행위에 사심이나 음심이 없었던 것은 사실이지만 그가 종려원의 손을 만진 것도 맞는 모양이다.

'이것 참 난감하구먼.'

곽구가 제 머리를 마구 헝클어뜨렸다.

중간에 끼어서 이게 무슨 꼴인지.

"흐음, 그러니까 저 여인이 우리 오계명성 사형제들의 식사에 무단으로 난입을 했다. 그리고 천박한 유혹으로 사형제들을 희롱하는데 황걸 사형이 이를 해학적으로 제지한 것이다……."

황걸의 품위 없는 행동을 해학적인 제지로 둔갑시킨 은려의 화려한 말발. 물론 이는 임학의 집중적인 가르침이 낳은 소산물이라 하겠다.

별처럼 빛나는 눈으로 장한을 보며 은려가 물었다.

"내 말이 맞나요?"

장한이 고개를 끄덕이자 종려원이 있는 대로 성질을 부렸다.

"무슨 개소리야! 내가 무슨 영화를 보자고 저런 멍청이들에게 잘 보이려 들겠어? 거기다가 해학적인 제지가 어디 있어?"

그러나 열쇠는 이미 은려의 손에 들려진 상태. 객잔의 모든 이들은 은려의 미모에 천진난만함에, 그리고 부드러운 권위에 압도당한 상태였다.

"자, 그럼 성희롱이라는 말은 무색하고, 손을 만진 행위는 사실이니 어찌해야 옳을까요?"

놀라운 수사(修辭)의 연속.

은려는 이런 경우 통상적으로 쓰이는 ~해야 좋을까요, 라는 말을 피하고 ~해야 옳을까요, 라고 묻고 있다.

이는 모든 이들을 이번 사건의 간접 당사자로 끌어들이는 일방, 감정보다 논리적인 상황 판단으로 사안을 대할 것을 유도하는 수사라 하겠다.

성희롱이라는 말은 남녀 불문하고 모든 사람의 감정을 건드리기에 충분한 단어였으니까.

은려의 물음에 사람들의 마음에서 성희롱이라는 단어가 소거되고, 그 자리에 다른 무엇이 들어섰다.

곤란한 처지의 사제들을 돕기 위해서 사형이 나섰다. 즉 황걸의 처사는 정당성, 또는 당위성을 지녔다. 그러나 행사 면에서는 다소 과도했던, 그런 무리한 개입이었다.

고로…….

"뭐야, 괜히 오지랖을 부린 격인가?"

곽구가 머리를 긁자 종려원이 정신줄을 놓은 여자마냥 소리를 질러댔다.

"오라버니, 지금 내 말보다 처음 본 여자의 이야기를 믿는 거예욧?! 정말 이러기예욧?!"

그녀의 다그침에 곽구의 어깨가 움츠러들었지만 그것이

종려원이 할 수 있는 전부였다.

곽구는 이미 은려의 논리에 설득당한 상태였고, 본디 곽구 같은 성격의 사내는 한번 믿어버리면 그 사안에 대해서 신념 비슷한 생각을 품어버린다.

지금도 곽구는 그저 이 상황을 벗어나고만 싶었다. 종려원이 자신의 우상이라고는 하지만 나름대로 정의감과 소신을 지닌 그로서 그녀의 항변은 변명으로 들렸기 때문이다.

그렇다고 종려원 말마따나 처음 본 여인을 편들기도 힘든 노릇이고.

"어쩔래?"

곽구가 황걸을 보며 신경질적으로 물었다.

"다소간의 복잡다단한 문제가 있었다지만 아무튼 백주대낮에 아녀자의 신체를 허락도 없이 건드린 건 사실이잖아?"

"인정하오."

황걸이 여느 때와 달리 진지하게 답하자 곽구가 한발 앞으로 나섰다.

"그럼 어떤 식으로라도 사과를 하라고. 받아들이든 말든 간에."

받아들이든 말든 간에. 한마디로 상대방이 받아들이든 말든 무조건 사과하고 끝내자는 얘기. 물론 상대방이 종려원이라는 것은 불문가지의 사실.

곽구의 말에 담긴 뜻을 간파한 황걸이 웃음을 눌러 참고 근엄한 음성으로 말을 토했다.

"경위야 어떻든 간에 종려원 소저의 허락도 없이 신체를 접촉했으며 그로 인해 신기를 어지럽힌 점, 개방의 밥을 먹은 사람으로서 깊이 반성하고 사과드리오."

"말로 끝날 사안인 줄 알아?!"

종려원이 뾰족한 음성으로 반발했지만 곽구가 황걸의 어깨를 슬쩍 밀었다.

"이제 됐어. 가서 발 닦고 잠이나 자라고."

"오라버니?"

"사매도 그쯤에서 그쳐. 우리 고운 사매가 오늘따라 왜 이리 신경질적이야?"

원래 신경질적인 종려원이지만 이런 말을 듣고 발작하기란 난망한 노릇. 그렇다고 황걸을 이대로 보내준다면 울화병에 걸려서 몸져누울 판이라 종려원의 얼굴이 붉으락푸르락 변했다.

"빨리 가라니까."

고개를 숙이며 곽구가 나지막이 재촉하자 어정쩡하게 서 있던 황걸이 마지못한 척하며 문으로 향했다.

이제 황걸이 객잔만 빠져나간다면 작았다면 작고 컸다면 컸던 소동이 일단락된다. 육문으로도서 크게 부끄러울 것이 없고, 육가로서도 체면치레는 했으니 우야무야 넘겨도 될 사안.

그러나 사건은 아직 끝나지 않을 운명이었다.

'음?'

주렴을 열어젖히려던 황걸이 멀리서 전해지는 기세에 눈을 가늘게 떴다.

멀리서, 아주 먼 곳으로부터 전달된 기운. 그렇지만 기세는 믿기 어려울 만큼 또렷했다.

마치 곁에서 속삭이는 귓속말처럼.

'이, 이건 대체?'

쿠쿠쿠쿠!

처음에는 미풍이라고 생각했다. 그러나 생각이 채 마무리되기도 전에 그것은 태풍보다 강력한 기운으로 실체화하여 황걸의 전신을 옥죄어 들어왔다.

'뭐야?'

실눈을 뜨고 기세에 저항하는 황걸의 눈앞에 거짓말처럼 무언가가 버티고 서 있었다.

대체 언제부터?

엄청난 내공을 지녔다 장담하는 않지만 개방의 미래라는 별명처럼 황걸의 무학은 녹록치 않은 수준이다. 녹록치 않은 정도? 드러내놓고 자랑하지 않아서 그렇지, 어지간한 일류 고수 정도는 수레로 몰려와도 즈려밟을 자신이 있는 그다.

또한 고수의 기본은 감각. 황걸의 오감은 일반인은 감히 범접하지 못할 정도로 발달되어 있어서 반경 십 장 내외라면 아무리 미세한 움직임이라도 잡아낼 자신이 있다.

그런데 눈앞의 무언가는 그냥 나타나 버린 것이다.

말 그대로 홀연히.

이 믿지 못할 상황에 얼른 적응하지 못하고 황걸이 입을 떡 벌리는데 그 무언가가 천천히 입을 열었다.

"비켜주겠나."

말인즉슨 부탁이었지만 그 속에 깃든 의미는 명령.

절대로 거역할 수 없는 천명(天命).

'천(天)?'

그렇다. 이자는 하늘이다. 등장만으로 완벽하게 상황을 지배하는 자라면 하늘일 것이다.

그렇다면 이자는…….

황걸이 무엇에라도 이끌린 사람처럼 옆으로 비켜서자 사내는 당연하다는 듯 보부도 당당하게 객잔으로 들어섰다.

자신에게는 눈길 한번 주지 않고서.

그의 뒤를 따르는 묘령의 여인. 머리부터 발끝까지, 심지어 얼굴을 가린 면사까지도 흰색 일색이라 마치 눈을 연상시키는 여인도 황걸에게는 신경조차 쓰지 않고 객잔에 들어갔다.

일남일녀가 객잔에 들어서자 최면에서 깨어나듯 눈을 끔뻑거린 황걸이 힘없이 중얼거렸다.

"천가……."

황걸이 떠난 후부터 객잔은 은려의 독무대였다.

단기 집중 지도 방식이라는 한계에 봉착한 임학은 박학다식(博學多識)을 박학다식(薄學多識)이라는 신개념으로 치환하여 은려에게 얇지만 광범위한 지식을 주입했다.

그 결과 은려는 어지간한 사안은 그냥저냥 읊을 정도가 되었고, 벽산산의 거대 세가 자제가 지닐 품위, 설미의 세련된 화술과 분위기 잡기, 마지막으로 본래의 미모까지 받쳐주자 군웅은 그녀의 세치 혀에 살살 녹아났던 거다.

"그렇다면 은려 소저, 이백의 시는 어떻게 정의내리시겠소?"

"이백이라… 호호호호, 제가 어찌 배움 높으신 군웅 여러분들께 이백을 논하겠습니까마는 일단 이백이라면 자유로운 영혼이었잖아요? 그분의 호방하면서도 엉뚱한 기상과 두주불사의 넉넉한, 그리고……."

"오오오, 역시 은려 소저!"

뭐가 역시 은려 소저인가?

그녀는 이백의 시에 관해서 단 한마디도 입에 올리지 않고,

물론 이백의 시 한 줄 모르니까, 임학에게 들은 그의 기행을 말했을 뿐인데 사람들은 교묘한 은려의 화술에 넘어가서 마치 그녀가 이백의 시 정도는 기본적으로 알 거라는 밑바탕을 스스로 깔아버린 것이다.

일종의 최면이라면 최면.

"하면 도는 어찌 생각하시오, 은려 소저도 화산의 문하시니 도에 관해서 치열한 고민을 했을 터인데?"

도에 관한 고민? 그런 거 찰나도 해보지 않았다. 그렇지만 이 부분에서 은려의 임기응변이 빛을 발한다.

"도… 그래요, 도에 관한 고민이야 우리 화산의 누구라도 했겠지요. 그렇지만 도를 논한다면 저보다 더욱 치열하게 고민했던 우리 무당파의 태봉 사형께 질문을 넘기도록 할게요."

지목받은 태봉이 어리둥절한 표정으로 고개를 갸웃거리자 은려가 품위 있게 웃음을 지었다.

"찬물도 위아래가 있는 법. 비록 문파는 다르다고 하나 굳은 맹서로 하나가 된 사형께서 동석 중이신데 어찌 동생 된 도리로서 도를 논하겠습니까?"

"오오오, 시서(詩書)만 밝은 것이 아니라 예(禮)까지! 역시 은려 소저!"

시는 그렇다고 쳐도 서? 문장에 관해서는 전혀 논하지 않았던 은려다. 그런데 콩깍지가 씐 군웅은 말도 안 되는 논리로 그저 은려의 얼굴에 금칠하기 바빴다.

그리고 예. 그냥 몰라서 태봉에게 떠넘긴 거다. 물론 이 수법 역시 임학이 가르쳐 준 방식이고.

"잘 모른 분야가 튀어나오면 주위 사람들을 적극 활용하시게. 정중하게 예의를 갖추어 떠넘기면 상대방은 말려든다는 자각도 없이 냉큼 미끼를 물 터이니."

과연 임학의 수법은 놀라운 것이라 태봉은 자신이 생각하는 도에 관해서 좔좔 읊었고, 은려는 간간이 미소를 짓는 것만으로 난제를 벗어날 수 있었다.

이어지는 몇 가지의 어려운 질문 역시 자신만 떠드는 건 예의가 아니라며 공동의 호령이나 형산의 노심화에게 떠넘기는 것으로 은려는 구렁이 담 넘어가듯 난제를 해결했다.

물론 지목받은 태봉이나 호령, 그리고 노심화는 은려가 소외된 자신들을 배려하는 차원에서 질문을 넘겼다 착각하고 아는 바를 열심히 설명했다.

기분 좋게.

이렇게 은려의 재치 있는 입담으로 인해서 왁자지껄하던 객잔이었는데 어느 순간부터 그녀와 대화를 나누던 사람들의 시선이 어디론가 모였다.

그리고 차츰 줄어드는 말수.

"무슨 일……?"

납덩어리처럼 굳어지는 군웅의 반응에 고개를 갸웃거리며 은려가 사람들의 시선을 따라 객잔의 문으로 시선을 이동시켰다.

'헉!'

흰색으로 전신을 두르고 가슴에 천(天)자를 아로새긴 삼십대 초반의 청년, 그리고 이십대 후반의 여인.

길들여졌다지만 그녀의 본성은 어디까지나 야수. 또한 야수는 본능적으로 힘의 차이를 가늠할 줄 안다. 그런 견지에서 객잔에 모습을 드러낸 이들은 최상위의 포식자임에 분명했다.

'뭐야? 언제부터 이 자리에 있었던 거지?'

은려가 소스라치게 놀라는데 사내의 입가에 미소라고 보기에 다소 섬뜩한 웃음이 걸렸다.

"육문 소속이라?"

그의 물음에 은려가 기계적으로 고개를 끄덕였다.

"놀랍군. 별 볼 일 없다고 생각했던 육문의 후예들이었는데 이런 보옥이 숨어 있었을 줄이야."

오만방자하기 이를 데 없는 말. 그러나 놀랍게도 폭급하기로 유명한 지강이나 사문의 명예를 자신의 목숨보다 소중하게 여기는 태봉은 나서지 않았다.

아니, 나서지 않는 정도가 아니라 그들의 얼굴엔 미미하나마 두려움의 기색까지 어려 있었기에 적이 당황한 은려가 사내 찜 쪄 먹는 담량의 소유자인 호령을 바라보았지만 그녀의 사정도 별반 다르지 않았다.

육문 후예들의 이러한 반응을 즐기듯 응시하던 사내가 짧은 조소를 날리다 싶었는데 어느새 그는 은려의 면전에 도달해 있었다.

"재미있군. 재미있어. 정말로……."

은려를 굽어보며 입가에 기이한 호선을 그리는 사내에게 무언가가 맹렬한 기세로 돌진했다.

"대가! 대가아!!"

종려원이었다.

객잔의 주도권을 완전히 상실하고 찬밥 신세로 전락했던 그녀에게 사내의 등장은 말 그대로 구원이었나 본데 아무래도 그 생각은 본인의 소망에 불과했던 모양이다.

찌릿!

사내가 가늘게 눈을 뜨자 그의 팔에 매달리려던 종려원이 모든 동작을 멈추고 주눅이 들어 고개를 숙였다.

"내가 가장 싫어하는 것이 무엇이더냐?"

턱을 들어 종려원에게서 시선을 거둔 사내가 잘라 말했다.

"허락 없이 말을 끊는 것이었지?"

쿵!

그의 말이 끝나자마자 북치는 소리가 들리며 종려원이 허공으로 붕 떠서 한 바퀴 굴렀다.

"케에엑! 대, 대가!"

입에서 피를 토하며 바닥에서 버둥거리던 종려원이 팔꿈치로 지면을 밀며 사내의 앞으로 기어와 가까스로 무릎을 꿇었다.

"소, 소녀가… 쿨럭, 쿨럭… 감히 천가의 위엄을 더럽혔나이다. 쿠에엑! 부디, 부디 넓은 마음으로 용서해 주시길!"

방금 전까지의 오만방자는 훌훌 던져 버리고 오체투지로 관용을 바라는 종려원의 태도보다 중인들에게 충격으로 다가온 단어는 오직 하나였다.

그것은 바로 천가!

"하, 하면 저분이!"

"천가의 대공자이신 천용성 소가주란 말인가!"

군웅이 경악에 어린 술렁임을 보이자 눈을 지그시 감고 이를 음미하던 천용성이 턱짓을 하자 멍청하게 눈만 꿈뻑이던 곽구가 번개처럼 의자를 가져와서 그에게 바쳤다.

"은려라고 했던가?"

또다시 끄덕여지는 고개. 거부하고 싶지만, 무시하려 노력했지만 천용성의 보이지 않는 위력에 눌린 은려가 거미줄에 걸린 하루살이마냥 옴짝달싹 못하고 그의 말을 따랐다.

"한 식경을 지켜보았다. 비록 교양이 부족하지만 적당한 품위와 화술, 분위기, 이 모두가 나를 흡족하게 했다."

한 식경을 지켜보았다? 이는 놀라운 것으로서 천용성은 이미 자신의 기세를 완벽하게 통제할 줄 안다는 얘기다. 만약 그가 자신의 패도적인 기세를 조금이라도 흘렸다면 은려가 대번에 알아챘을 테니 말이다.

"다소 부족함 감이 없지는 않으나 서서히 채워 나가면 되겠지."

은려의 위아래를 죽 훑어보며 만족스런 미소를 짓던 천용성이 몸을 앞으로 숙이며 그녀에게 선언처럼 말을 던졌다.

"내 여자가 되어라. 이 천용성의 여자가 되는……."

쿵!

이건 사랑이 아니다. 고백도 아니다. 어디까지나 일방적인 명령일 뿐이다.

"천 소가주! 초면에 너무한 것 아니……."

용기를 내어 지강이 나섰지만 천용성과 눈이 마주치자마자 그 자리에 얼어붙어 버렸다.

"말을 자르지 말라고 했다."

"으, 으윽……."

뚝심 하나로 천하를 들어 올린다는 지강을 눈빛 하나로 제압한 천용성이 좌중을 돌아보았다.

"또 끼어들 사람 있나?"

침묵. 군웅은 물벼락이라도 맞은 것처럼 입을 다물었고 은려의 얼굴은 하얗게 탈색되었다.

'시, 싫어!'

목청껏 외치고 싶었지만 마음의 소리는 입가에서 빙빙 맴돌 뿐, 좀처럼 입 밖으로 터져 나올 줄 몰랐다.

'이 사람 싫어! 너무너무 무서워!'

그러나 천용성이 뿜어내는 패기에 짓눌려 은려의 어깨가 점차 움츠러들었다.

"순순히 따르니 나도 기껍다. 그럼……."

천용성이 손을 뻗은 순간 은려를 가두던 사이한 잠력이 거짓말처럼 밀려나며 봄날처럼 포근하지만 마른 번개처럼 단호한 음성이 객잔에 내리 꽂혔다.

"그건 곤란한데?"

"뭐라?"

소리가 난 방향으로 몸을 돌린 천용성의 눈앞에 한 사내가 모습을 드러냈다.

"곤란하다고 했는가?"

"그렇소이다."

천용성의 살벌한 기운을 훈풍처럼 받아넘기며 그의 앞으로 다가온 사내가 담담하게 웃었다.

"무언이 모두 긍정은 아니지. 저 사람의 말을 따르고 싶소, 은려 소저?"

따사로운 기운이 잠력을 완전히 밀어내자 힘을 얻은 은려가 미친 사람처럼 도리질을 쳤다.

"보시오. 싫다고 하잖소?"

양팔을 들어 올리며 사내가 피식 웃었다.

'나의 오성 대천잠세(大天潛勢)를 받아넘기는 것으로도 모자라 은연중에 와해시키기까지 해?'

사내를 똑바로 쏘아보며 천용성이 묵직하게 입을 열었다.

"이 객잔은 나를 두 번씩이나 놀리게 하는군. 너는 누구냐?"

말을 하는 와중에 대천잠세를 칠성까지 끌어올린 천용성이었지만 고갯짓 한번으로 그것을 털어낸 사내가 신비로운 웃음을 지었다.

"나는 화산의 형적전주라오."

칠성의 대천잠세로도 사내를 굴복시키지 못하자 이를 살짝 갈며 천용성이 질문을 던졌다.

"직함 말고 이름을 대라."

천용성의 물음에 사내의 미소는 더욱 짙어졌다.
"무영, 내 이름은 무영이라 하오."

천가와 벽가의 후예가 정식으로 조우하는 순간이었다.

『궁신탄영』 1부 완결

사과의 변

안녕하십니까. 김석진입니다.

우선 사과의 말씀을 드려야겠습니다. 여러 가지 문제가 겹쳐 궁신탄영은 이번 권으로 1부 완결을 맺게 되었습니다. 거듭 죄송하다는 말로 사과드립니다.

곧바로 2부는 쓰지 못하는 형편이지만 어떤 식으로든 무영의 여정은 계속되리라는 걸 약속드립니다. 반드시 천가의 심장부에서 궁신탄영을 펼치는 무영의 모습을 독자제현께 보여드리겠습니다.

앞으로 더 나은 글로 여러분을 찾아뵐 것을 약속드리며 사죄의 변은 이것으로 마칠까 합니다.

겨울입니다. 건강 조심하시고 좋은 일만 함께하시길 바랍니다.

2013년 겨울. 김석진.